入伍吧！魔法☆少女

ATTENTION ! MAGICAL GIRLS

新訓篇 上

各方高手 好評推薦 ＊按姓氏筆劃、英文字母排序

上班不要看．專業健康幽默團隊

腦洞大開的神奇作品，說沒吸我們還不信，台灣男人最深刻的最硬的體驗，今天變成最軟最可愛的畫面，令人非常期待之後的展開！

阿兆．台灣資深 Cosplayer

恭喜綜合口味《入伍吧！魔法少女》出實體書啦！
超開心的我超喜歡這部作品！用最經典的魔法少女融合最日常的當兵題材，竟然可以創造出這麼有梗的故事，從第一話開始看就會被深深吸引，身為阿宅絕對超強力推薦!!!

阿滴英文

綜合口味一直以來都很擅長少女心爆發的畫風，跟魔法少女的劇情實在太合了！獨特又有點無厘頭的故事設定會讓人忍不住想繼續往下看～

周荀．模特兒實況主

我不想當兵，但我願意自願入伍當魔法少女。謝謝《入伍吧！魔法少女》，讓我在男人們碎碎念討論當年當兵往事的聚會裡，也有聊天的一席之地。
那個我說，《公主的戰爭》該出後傳了吧（ry）

邱煜庭（邱小黑）

知道什麼叫萌中帶淚、粉紅色的義（ㄇㄚˇ）務（ㄏㄡˊ）軍（ㄕㄠ）旅（ㄐㄧㄡˇ）生活嗎？一談到當兵女孩們都會對你露出厭惡的眼光嗎？以後跟俺妹聊天改聊《入伍吧！魔法少女》，保證她會抱著你說「大葛格，你好棒唷」(ゝω・)綺羅星☆

莫乃健．GQ 副總編輯

我的工作常常需要欣賞三次元的美麗女孩，但是透過這本漫畫，我發覺二次元的女孩子也很棒！

黑貓老師．鄉民推爆說書人

平常男生聚在一塊的時候，最常聊的不是女人就是當兵。
但我沒當過兵啊！根本不懂梗在哪呀？
還好有《入伍吧！魔法少女》這部神作！不但有軟軟萌萌的可愛魔法少女、還有各種當兵的酸甜苦辣，讓我這免役少年終於能聽懂當兵梗，從此聊天不邊緣，讚讚！（°∀°）

瀚草影視文化．電影《紅衣小女孩》製作公司

《入伍吧！魔法少女》以輕鬆詼諧的漫畫，來表現出軍旅生活的慌張、荒謬，濃濃的本土文化卻能巧妙的與奇幻漫畫做結合，值得推薦。

A Jie

「這本漫畫的作者是天才，請直接買下去吧！」
這是我最直接的感想。
身為一個沒當過兵，但聽當兵鳥事聽到耳朵長繭的人也看得非常開心。這是一部把台灣的當兵文化與日本御宅文化完美結合的作品。我認真的覺得女孩子都應該要看過這部漫畫來理解一下為什麼男生那麼愛聊當兵。

HowFun

可…可惡！
不要騙我了軍隊裡怎麼可能會有可愛的魔法少女學妹呢?!!
咦？真的有嗎?!
好！我簽下去了！
不是，等一下，我剛剛簽的那個，是本票吧。

目錄

啪茲…
啪茲！
啪茲！
快看！
天空好奇怪！

糟了！是魔獸入侵了！
怎麼又來了！
這個星期第幾次了啊？
吼喔喔喔喔！
咻
危險！他要攻擊了！

喵喵！

是賣萌！
太厲害了！
可、可惡！
我不行了！

快點住手！
竟然傷及無辜……不可原諒！
閃亮……
魔獸！
就讓我來對付你！
哦哦哦哦！
是國家魔法少女！
嘩

喵！
哼……這招對我來說根本沒用！
因為……
人家更萌♥
激怒！

吼哦哦哦哦！
?!!
颯
魔獸！
覺悟吧！

愛的大爆炸！
BOOOOM!!

呵呵……
臺灣的安全……
就由我來守護！
加入國家魔法少女！
妳也可以辦得到！
液晶螢幕 特價中
實現自我 精彩人生
這個招募廣告未免
也太誇張了吧……

真是的……
雷小綾（22歲）
到底是誰規定……
每個女生都要義務
當一年魔法少女的啦？

入伍吧！

ATTENTION ! MAGICAL GIRLS

魔法☆少女

第一章
我要成爲魔法少女了

無論是這邊的OL……
還是那邊的歐巴桑……
她們……
都曾經是魔法少女！
天啊……
我真的也能辦得到嗎？
雷小綾，22歲
在我國，男生必須服一年的義務兵役，

女生則是……
要當一年的魔法少女！
大學畢業後，
就得入伍服役。
等一下！
大學畢業都22歲了耶！
哪有年紀這麼大才當魔法少女的啦?!

魔法役科
妳卡通漫畫看太多了是不是？規定就是規定，哪分什麼年紀！妳是想要逃避魔法少女役嗎？需要我通報魔法憲兵來抓妳嗎？
沒沒沒沒有啦！
唉……
小綾，妳今天去區公所問得如何？
他們說會再寄通知單……

對了媽媽，妳也曾經是魔法少女對吧？
不對……
什麼？難道不是嗎？
難道可以不當魔法少女？！
不是……不是曾經！
我的心！永遠都是現役魔法少女！
咦咦咦咦！
45 歲

嘶
（縫線撕裂聲）
……那，媽媽，
妳當年服役的情況是如何呢？
嗯……媽媽那個時候啊……
剛好碰到第三次世界魔法大戰呢。
什麼！
對了，讓妳看看……
嘶

這就是媽媽當年使用的魔法棒喔。
妳真的是魔法少女嗎？確定沒有服錯役別吧?!
話說回來……這個為什麼要放壁櫥？
有時候可以拿來打蟑螂啊。

您的餐點到齊了。
唉……明天要體檢了……
真希望被判定免役……
妳別這麼有壓力啦。
陳茵茵。因心臟病判定免役。
對了，我聽說隔壁班的班代成功免役耶！
咦！她怎麼做到的？

聽說她在醫生問診的時候，
醫生你看！
布朗尼好好吃哦！
大便在褲子上並且吃下去。
這個臣妾辦不到啊！
嗯……還是先念研究所好了？
緩兵之計啊！
可是……
我聽說高學歷的在裡面更痛苦！
為什麼！

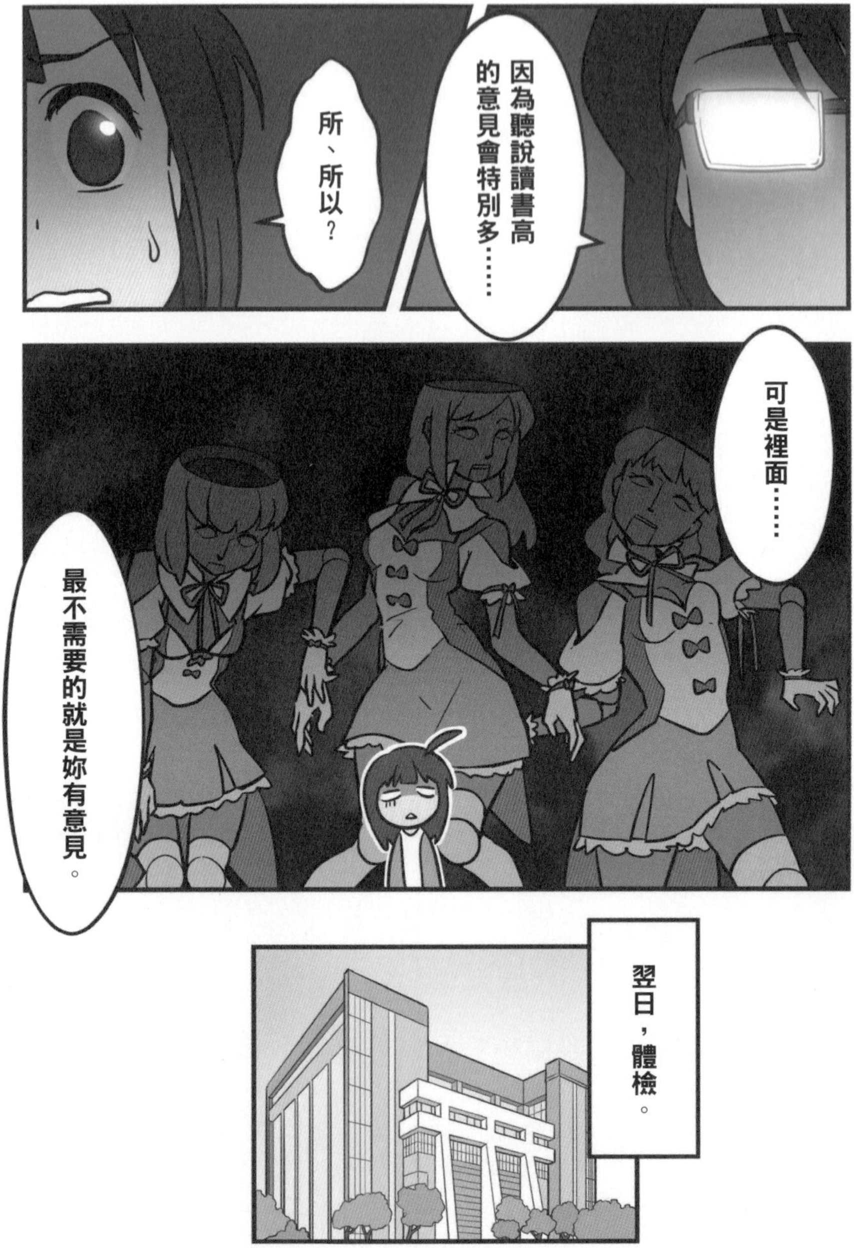
因為聽說讀書高的意見會特別多……
所、所以？
可是裡面……
最不需要的就是妳有意見。
翌日，體檢。

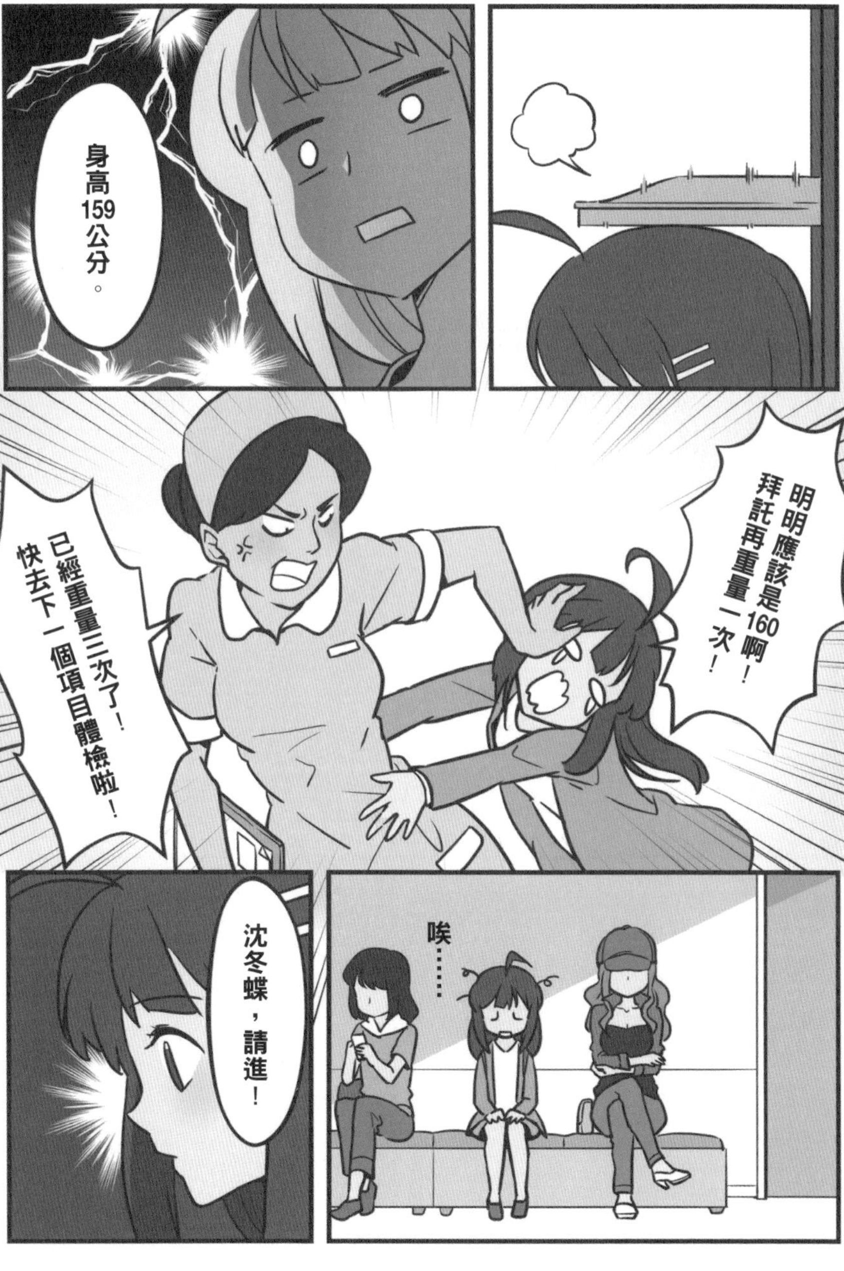
身高159公分。
明明應該是160啊！拜託再重量一次！
已經重量三次了！快去下一個項目體檢啦！
沈冬蝶，請進！
唉……

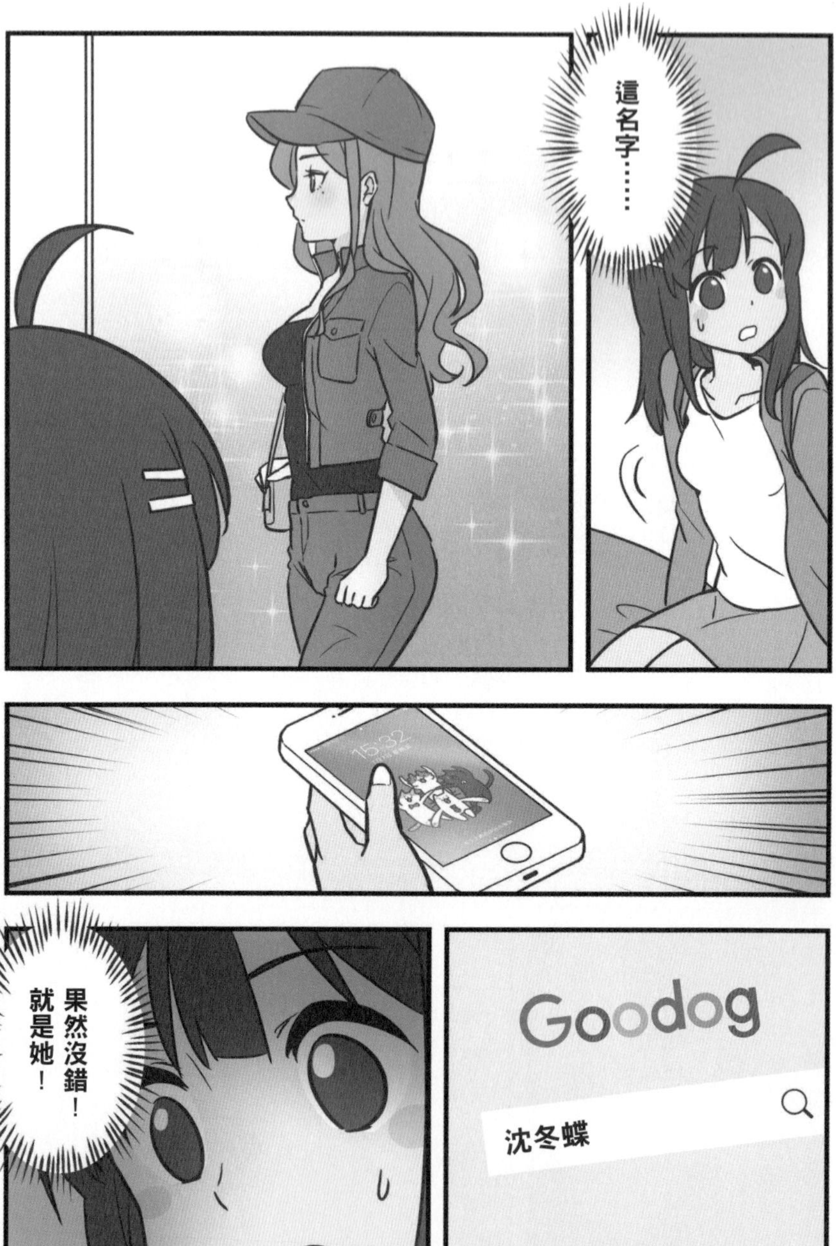
這名字……
果然沒錯！就是她！
Goodog
沈冬蝶

她就是電視上的那個明星！
唉呦！醫生！
子偶像運動會
沈冬蝶勇奪冠軍
人家常常腰痛！
沈冬蝶性感
大秀深蹲
也蹲不太下去！

冬蝶小腳行澳
鐵胃征服怪蟲美食
而且常常會胃痛……
真的不適合服役耶！
沈冬蝶自爆愛玩撲克
心臟病最為拿手！
心臟也不太好……

???
???
???
???

小綾已經站在門口十分鐘了。
……
……
不好意思……
可以借過讓我進去嗎？
!?
抱、抱歉！
我馬上進去！
砰！
雷
小
綾

妳跟天借膽了逆？
跟拎鄒罵預約還敢遲到？
妳想剪頭髮還是剪大動脈啊？
哇啊啊寶姊對不起啦！
哦……原來妳是要用魔法役的頭……
是啊……體檢通過了
所以才遲遲不敢進來啊。
呵呵……服魔法役的頭又沒什麼！

喂來人啊！
把店裡最亮的染劑通通拿過來吧！
不要啊啊啊啊！
為什麼魔法少女就得染奇怪的髮色呢？
什麼奇怪！
魔法少女有夢幻髮色不是常識來著嗎？
而且……
這樣也有幫助呢。
咦？什麼幫助？

對拎鄒罵的生意有幫助！
認命吧哈哈哈！
嗚嗚嗚嗚……
唉，還是染了……
咦？
這個男生是……
剛才後面的……

此刻，小綾與男孩都還不知道，日後他們將會產生千絲萬縷的交集，改變一生……
好！終於染完啦！
拎鄒罵使出十成功力的染色……果然超級棒啊！
掰啦小綾！祝妳魔法役順利啦！

天啊！這什麼鬼顏色！
所有人都在看我啊啊啊啊！
超級丟臉的！好想拿紙箱蓋住頭啊啊啊啊！
啊！那個女孩……
她也染髮……看來她也是要服役啊！
嗚嗚……有種他鄉遇故知的感覺……

居、居然連她都……
覺得我頭髮奇怪！
?!

不要……
不要看人家啦……

不要問我為什麼……

搖搖……
晃晃……
生命保險書……
受益人……
要填誰呢……
兩個小時前。

這樣……頭髮就遮住了吧？
魔法役別抽籤日。
區公所，大禮堂。
松山區魔法役抽籤
不好意思……借過……
那麼……
在此說明今天的抽籤內容……

本區本次抽籤，金系魔法役的籤有20支……
木系25支，
金
木
水
火
土
水系30支，
火系28支，
土系26支，
雷系有……
雷
2支。
不要啊啊啊啊啊！
聽說雷系魔法役是最操最累的，
媽媽說她當年也是雷系的！

抽籤開始！
陳予鈴，金系。
趙亞涵，土系。
哇，有夠緊張的……
劉佳燕，水系。
林英娟，土系。
游可欣，木系。
王儀君，雷系！
喔喔喔喔喔喔喔!!
哦哦哦哦！這樣子雷系就剩1支了！
雖然很抱歉……

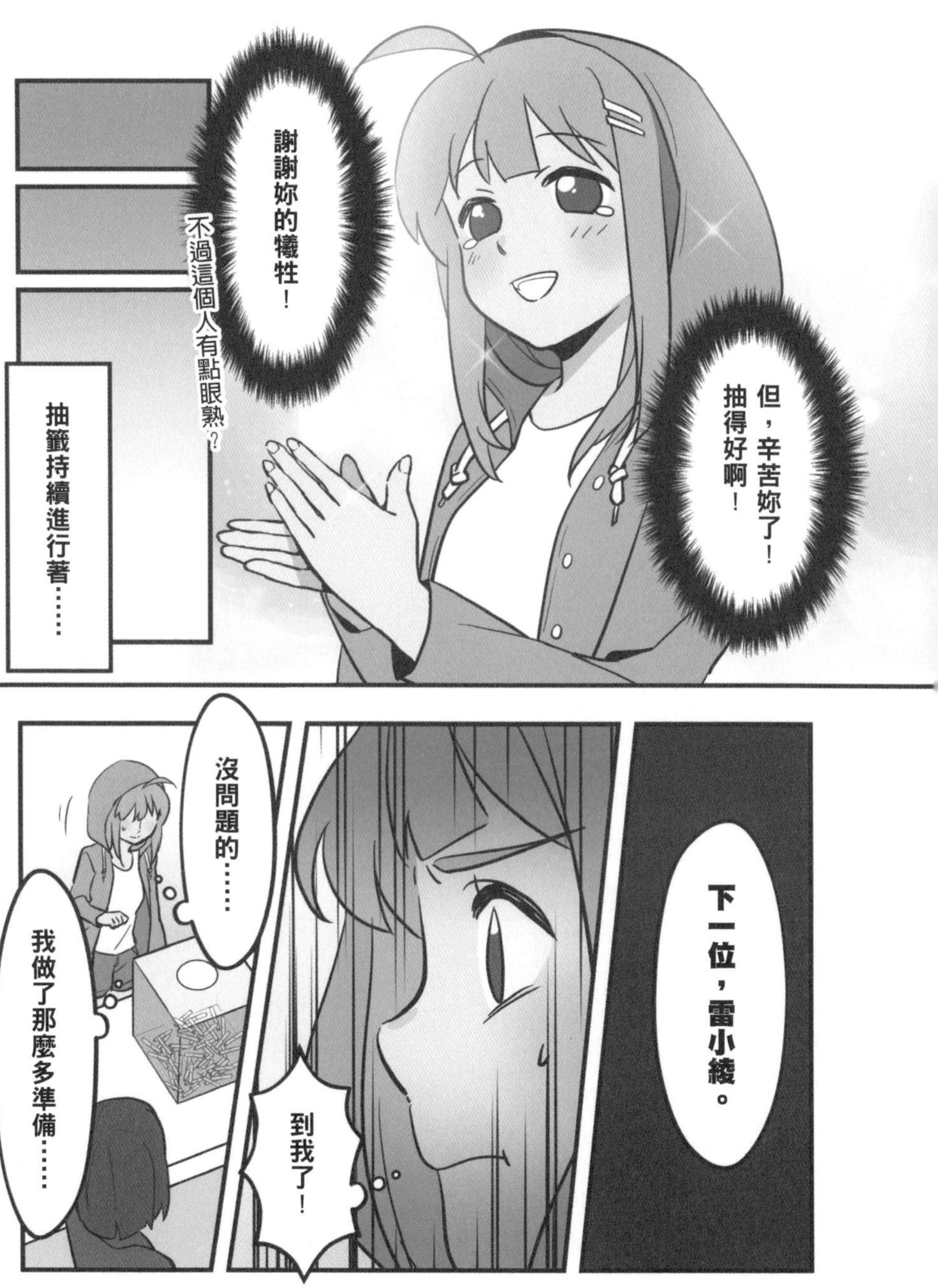
謝謝妳的犧牲！
但，辛苦妳了！抽得好啊！
不過這個人有點眼熟？
抽籤持續進行著……
下一位，雷小綾。
到我了！
沒問題的……
我做了那麼多準備……

手部清潔，好手氣！
全部方法我都試了，一定可以抽到涼……
畫眼睛，看仔細！
擦綠油精，抽涼缺！
……缺！
噗通……
噗通……

轟隆
雷小綾，雷系。
嘩
不行！不發個討拍文實在受不了啊！
雷小綾
幾秒前
我抽中雷系魔法少女了啦嗚嗚嗚嗚！QQ
#告訴我這不是真的
讚
留言
分享
這就是被雷打中的感覺吧……
呵呵呵……

哦！有回應了！
布享艾
賀喜娘娘
恭送娘娘
林建宏
因為你姓雷啊哈哈
李玉惠
我免役耶，ㄏ
陳茵茵
天啊！拍拍！
送重機
還好我退了
Tony Hsieh
了不起，入伍。
Judy Liu
太狂了吧！
咦！
怎麼沒幾句好話啦！
得儘速簽署生命保險書。
這誰啊？
好過份！
媽、
媽媽?!

第二章
手忙腳亂的菜鳥們

入伍當日，
台北車站。
台北車站
TAIPEI RAILWAY STATION
人好多啊！
會不會錯過集合點啊？
雷媽。
雷爸。
放心吧！

一眼就會看到了。
嗚哇啊啊啊好刺眼啊！
3B
月台
11:02
潮州 莒光 11:18
新竹 區間車 11:47
4
集合完畢之後，她們帶隊到月台等待火車到來。
把拔……
女兒……
妳可千萬要活下來啊！
我一定會的！

女兒！保重啊！
把拔！我會加油的！
不動如山
看來女兒是遺傳爸爸的吧……
遺傳爸爸了……
肯定是遺傳爸爸……
好了，可以上車了。
不！
任何人都不可以分開我們父女！
不好意思，請拿去。
謝謝……
女兒啊……

於是小綾……
就此踏上了服役之路……
嗚嗚……
嗚嗚……
來，別哭了。
謝謝……
！

啊！
王儀君（22歲）
妳是、
那天、
那天那個髮色很奇怪的人！
啊！
對不起對不起對不起！

……咦？真的嗎？
所以妳的意思是、現在服役沒有傳說中那麼可怕了？
是啊，役期縮短了不少，
也多了更多申訴管道。
不過，妳身邊服役過的親友沒告訴妳這些嗎？
其實，我很討厭人家吹噓服役的事情，
所以一聽到相關話題就放空了。
難怪妳一無所知！

所以妳不用擔心了！
我有預感，這會是一趟平安之旅！
太好了……
磅一咚！
火、火車為什麼停下來了？
這裡是列車長廣播……
剛才發生民眾闖入軌道的死亡事故，在此臨時停車……
好不平安的開始啊……

想不到火車就這樣誤點了兩個鐘頭……
不過……
南營
可愛
正義
看起來好歡樂……
好像沒傳聞的可怕耶……
喂！菜鳥們！

下士教育班長
劉玉琇（25歲）
我們不是南營，而是北營的哦！
北營入口在這邊！
咦咦咦咦！
北營
可愛
正義
這也差太多了吧！
呵呵，走吧。
我們一起過哨口……
哨口分隔線

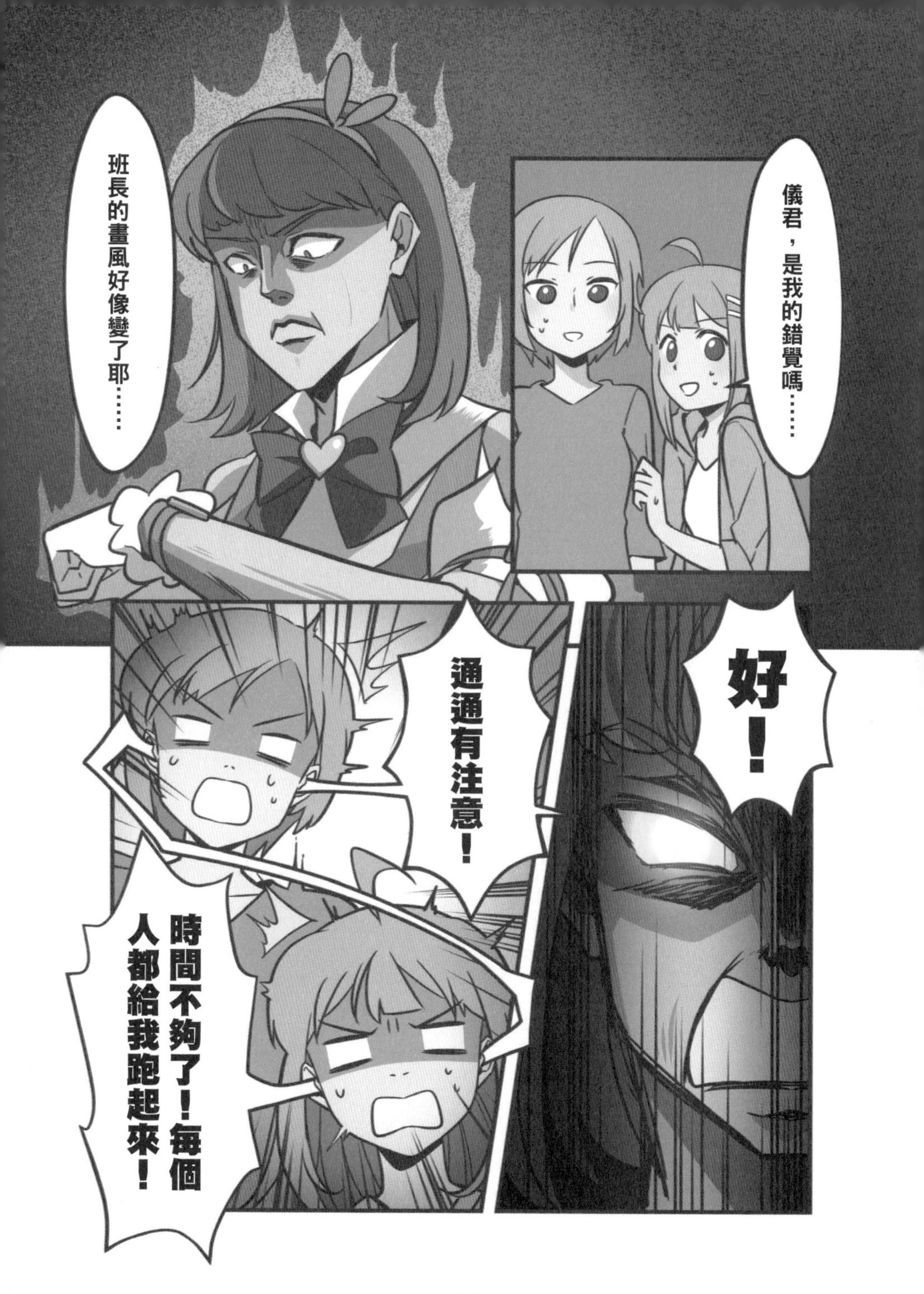
儀君，是我的錯覺嗎……
班長的畫風好像變了耶……
好！
通通有注意！
時間不夠了！每個人都給我跑起來！

耳、耳朵好痛！
快點動作!!
資料填快點！妳是文青在寫詩逆！
手機通通交出來！也不准用魔法通訊！
走快一點！妳在逛街喔？
領個裝備要多久？全世界等妳一個！

因為是雷系魔法役……
所以講話都跟打雷一樣嗎？
耳聾的話可以驗退國賠嗎？
第一天入伍簡單安頓後，每個人都要打電話回家向家人報平安。
終於輪到我……
嘟嚕嚕……
喂？

喂
喂
喂
喂
嗚哇啊啊啊啊啊！
大哭！
你是說了什麼刺激到她啊？
我、我只有說一聲喂啊？

混亂的一夜過後……
現在時間！洞五三洞！部隊起床！
哇小綾，妳好早起哦！
因為……我根本沒睡著啊……
昨晚一直被大家的哭聲吵醒……
害我也哭了……
咦！是這樣嗎？

碰!
通通有注意!
10分鐘後著正式服裝連集合場集合!稍息後開始動作!稍息!
……!
快啊!
咦咦咦!穿破了?
這個怎麼穿不進去啊?

妳們要多久啊！
再給妳們3……
30、
29、
28、
惡魔啊！
?!
儀君！我好了！
我們下去吧！
哦！好……
等、等一下啊！妳還沒好啊啊啊啊啊！

連集合場。
早安，各位女孩們！我是妳們的連長。
上尉連長 邱虹珍（39歲）
現在雷系魔法役沒有以前那麼操了，大家放心，我們一起加油！平安退伍就好！
太好了！
傳言果然是真的，不會太操……
而且連長……
看起來人也很好……
！？

跟上腳步！
再跑十圈！
大家都知道！魔力是由體力轉換而來！所以就更要強化體能！
接下來配合步伐做精神答數，我喊一二，妳們就接著喊：體力！
一、二！

體力！
三四！
名字？
雷、雷小綾……
雷小綾……在男人的軍隊裡，老是出包鬧狀況的人，會被叫做「天兵」！

至於在魔法役，我們則稱呼這樣的傢伙叫「天女」！
我記住妳了……

天女，雷小綾！

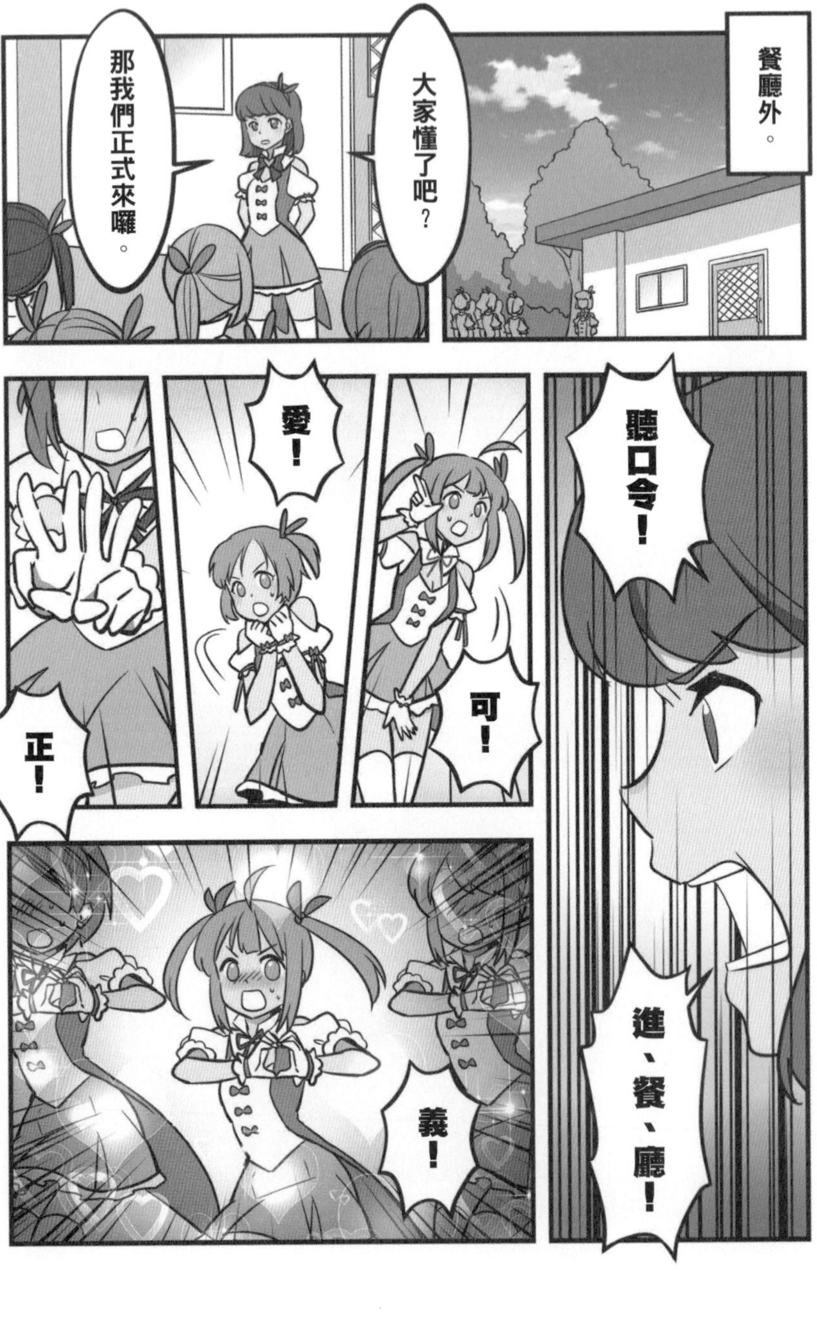
餐廳外。
大家懂了吧？
那我們正式來囉。
聽口令！
可！
愛！
正！
義！
進、餐、廳！

為什麼進餐廳要動作加口號啊？
而且這動作也太羞恥了吧？
餐廳內。
呼……總算可以放鬆吃頓飯了。
喂！
椅子只能坐三分！
背部打直！
手肘！
絕對不准碰到桌子上！

從頭到尾都要保持
那個姿勢啊！
喂！聽說待會
有長官來這裡
視察耶！
!?
女孩們！展現
妳們有紀律的
時刻到了！
通通有！
起立！

我們來練習……
三小？
坐下！
一、拉開椅子！
二、坐下！
三、握住椅緣！
四、抬起椅子！
五、移至定位！
六、立定坐好！

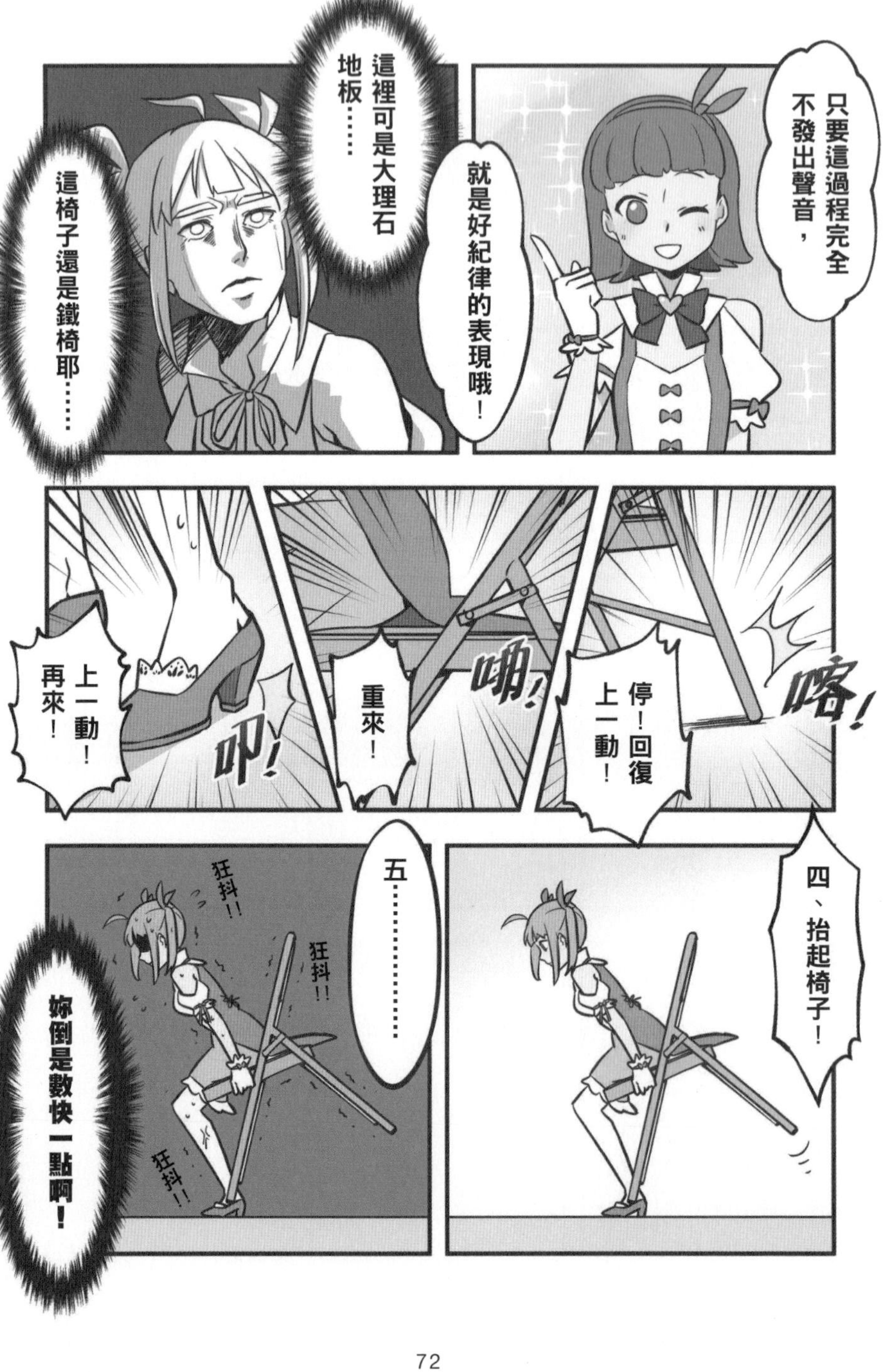
只要這過程完全不發出聲音，
就是好紀律的表現哦！
這裡可是大理石地板……
這椅子還是鐵椅耶……
喀！
停！回復上一動！
重來！
叩！
上一動！再來！
四、抬起椅子！
五………………
狂抖!!
狂抖!!
狂抖!!
妳倒是數快一點啊！

十分鐘後……
太好了！終於做到最高品質靜悄悄！
待會長官來了，妳們也要這樣子好好表現哦！
終於……
這跟成為魔法少女……
有什麼關係啊？
長官的想法，比魔法還難懂……
啊，對了！
坐下練完了，我們再來練習起立吧！

操課時間。
大家都拿到了吧？
魔法棒！
哇……
魔法棒是每個魔法少女的基本配備，
大家一定要好好熟悉使用……
所以接下來要教大家……
太好了！終於可以學習新魔法了！

魔法棒的……
基礎格鬥術。
咦咦咦咦咦咦咦咦!?
為什麼是格鬥啊啊啊!?
那麼簡單介紹一下
這支魔法棒……
不要一臉平靜
帶過啊啊啊!!
這是TK2型魔法棒，優點是輕巧，而且可儲存並增幅魔力。
缺點是接縫處較為脆弱，近身格鬥時要注意使力方向。
為什麼要把物理上的脆弱當缺點啊啊啊!!
魔法棒顧名思義不就是拿來放魔法的嗎!!

以後妳們也會陸續接觸到各式各樣的魔法棒，
甚至也會依照妳們的特性，給妳們不一樣的魔法棒。
原來如此！所以媽媽的魔法棒才會是武士刀啊！
這就是媽媽當年使用的魔法棒喔。
哦！在認識魔法棒嗎？
一等士官長 王一美（47）
士官長，妳也給她們看看妳的魔法棒吧。

好啊！
召喚魔法！
噹啷！
居然只是一朵
嬌嫩的鮮花！！
花要怎麼
格鬥啊？
不知道耶……
我的魔法棒，若要用來
近身格鬥也沒問題哦！

磅!!
妳們看，也是很順手的呢。
班長，請問妳的魔法棒是什麼呢？
順什麼手啊啊啊啊!!
根本就是用手啊啊!!
而且花折了啊啊啊!!
我的啊……

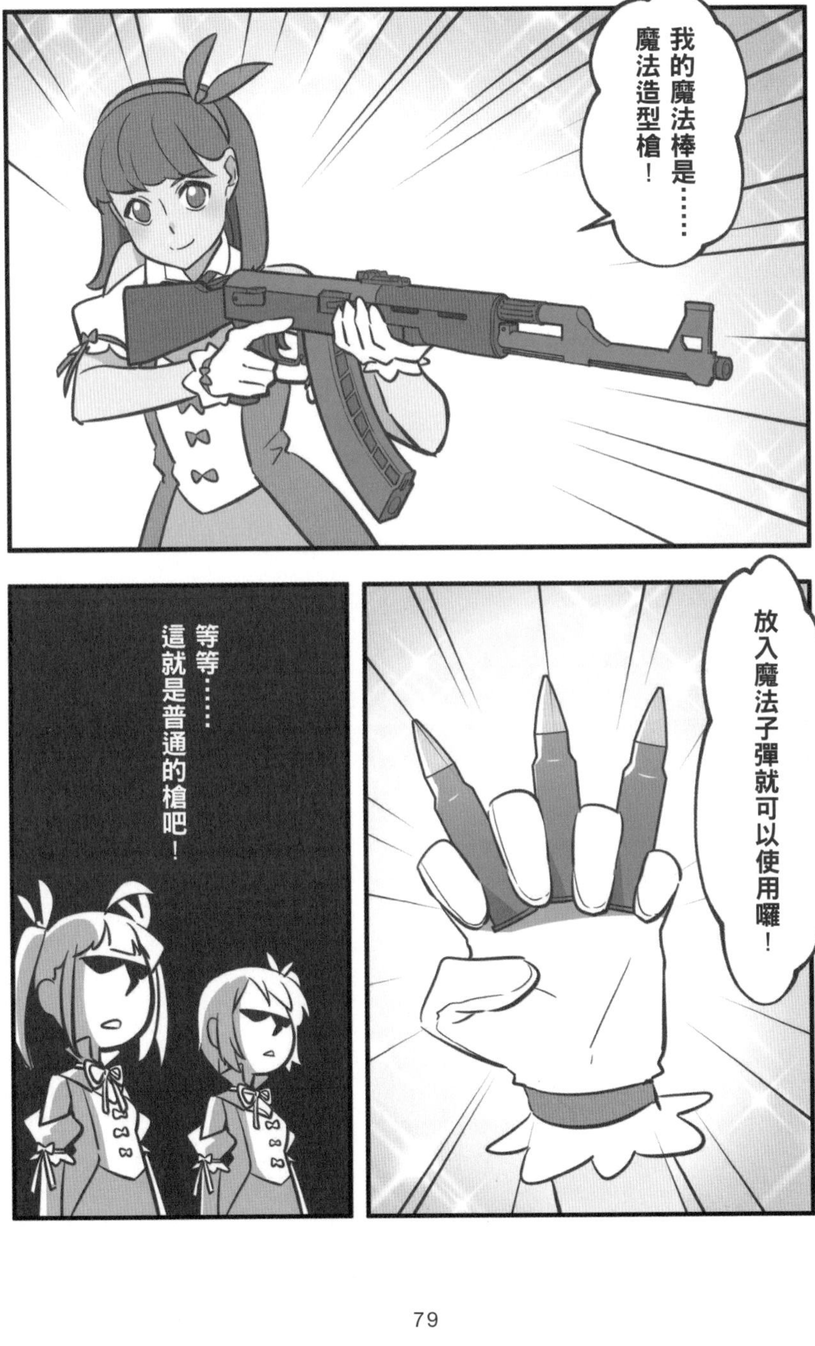
我的魔法棒是……
魔法造型槍！
放入魔法子彈就可以使用囉！
等等……
這就是普通的槍吧！

好！時間差不多了，
下課前先喝水！
聽口令！喝水！
喝水！
喝水！
500cc！
喝水！
上課喝下課也喝，
滿肚子都是水……
!?

噗丶！
咳、咳咳！
咳咳咳！
雷小綾！叫妳喝個水而已，妳在搞什麼濕背秀啊？
special
妳想中暑害我倒大楣嗎？
給我重喝 500cc！
咦咦咦咦咦咦咦咦！？

啊？懷疑啊？
報告！沒有！
……
咕嚕…
咕嚕…
……
還有100cc！別混啊！
她怎麼知道！
嗯……好撐……
還好吧？
好！下課休息10分鐘！
稍息後開始動作！稍息！

!?
轟轟轟……
吸菸區
嘶～
喀！

*吸菸對身體有害，全球每年有六百萬人死於菸害。

誰准妳擅自在
營區使用魔法
的啊？蛤？
嗚、
愛點火是吧？
妳就點好點滿！
以後都不准抽，
只能幫大家點菸！
嗚嗚嗚嗚嗚嗚嗚嗚……
欸？這樣就哭了？這傢伙該
不會去打5891申訴我吧？
我爸吉你

算了！看妳可憐！雷小綾！妳去餵她抽完這根菸！
快點！
報告是……
妳的菸來了……
小跑步……
嘔
唔！剛才喝水反胃……！？
抱、抱歉……

呼！室外操課好累哦……
下一堂課是魔法講習，在室內就輕鬆多了吧。
啊！太好了！
立起FLAG
這節魔法講習，要帶領大家認識雷系魔法……
好涼！
在進入正題前，還是先重提一下魔法基礎……
各位以前都有在學校學過「符號法」吧？

有！就是透過符號化的圖像來召喚魔法！
沒錯……但我有點妳回答我嗎？
去旁邊深蹲20下。
咦咦咦咦!?
沒錯，「魔法就寄宿在符號之中。」
各位以前所記憶的簡化符號，就是最簡單常見的魔法式。
只要在輸出魔力的同時，內心默想符號即可。
這世界上的任何人都可以輕易做到。

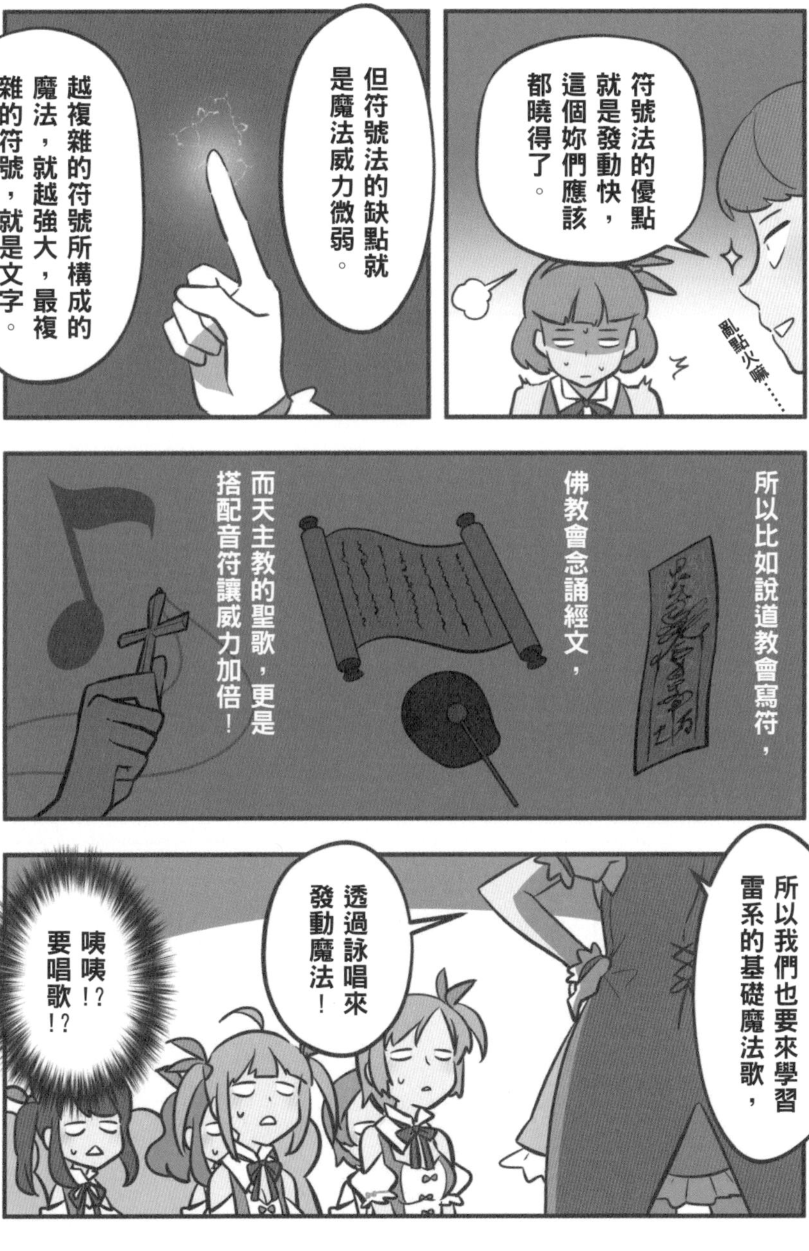
符號法的優點就是發動快，這個妳們應該都曉得了。
亂點火嘛……
但符號法的缺點就是魔法威力微弱。
越複雜的符號所構成的魔法，就越強大，最複雜的符號，就是文字。
所以比如說道教會寫符，
佛教會念誦經文，
而天主教的聖歌，更是搭配音符讓威力加倍！
所以我們也要來學習雷系的基礎魔法歌，
透過詠唱來發動魔法！
咦咦！？要唱歌！？

那麼我就用最簡單的一首，
來示範一下吧！
深呼吸……
優雷優雷優雷唷！
優雷優雷優雷唷！
嘿咻嘿咻嘿咻嘿咻嘿咻嘿咻！
優雷優雷優雷優雷優雷優雷！
優雷優雷優雷優雷優雷優雷！
優雷優雷優雷唷！
優雷優雷優雷唷！
這歌詞……
是什麼鬼！？
啪嗞!!

喔喔喔喔喔！
雷魔法—優雷彈！
居然真的可以！？
只要熟記歌詞旋律，各位也做得到！
雷系魔法歌總共十首！
★優雷歌
★好雷歌
★爆雷歌
★地雷歌
★雷電雨
★雷人歌
都印在這些小卡上了！這三天內通通要背完！
也太多了吧！
這堂課……
一點都不比室外操課輕鬆啊……
唉，總之……
先把歌卡收好……

啊！
啪沙……
防中暑小卡
訓練績效卡
危險係數轉換卡
飲水紀錄卡
督導內務小卡
魔法歌小卡
防登革熱小卡
排便記錄卡
體能戰技成績標準卡
月經記錄卡
好想要一張退伍小卡啊……

呼……
總算！
可以洗澡了……
哇！有淋浴隔間耶！
不過……怎麼只有十間啊？
給妳們十分鐘！
通通要洗完！

排隊的人全都先給我脫光站旁邊預備！
快、快洗！
先脫了再說吧！
別擠啦！
好、好害羞啊!!
唔哇啊……
我從沒在這麼多陌生人面前裸體過……
我洗完了，換妳。
小綾！來這邊吧！
!?

正面
全裸
儀君好厲害啊……
各種層面上……
終於……
輪到我了。

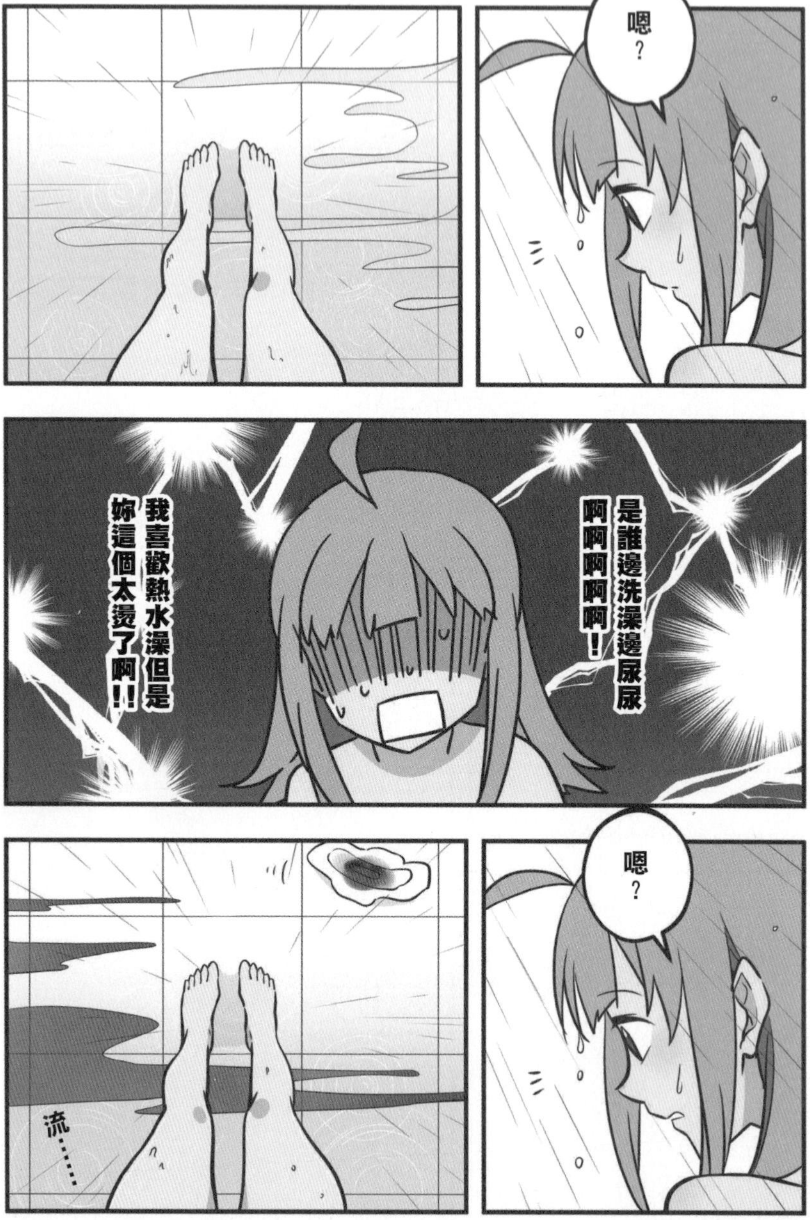
嗯？
是誰邊洗澡邊尿尿啊啊啊啊啊！
我喜歡熱水澡但是妳這個太燙了啊！！
嗯？
流……

這個量……是第二天對吧？
要不是大家都是女孩，還真以為這邊發生了什麼命案啊……
那個……可以洗快一點嗎？
掀
呀啊啊啊啊啊!!
我也想啊啊啊啊啊！但腳就一直沾到嘛！
呼……終於……
嗯？

剛洗好澡的女孩們……
都美得像天使一樣啊……
大家都洗好了吧？
那我們來做點睡前的小運動吧！
出點汗更好睡哦！
啊……
惡魔來了……

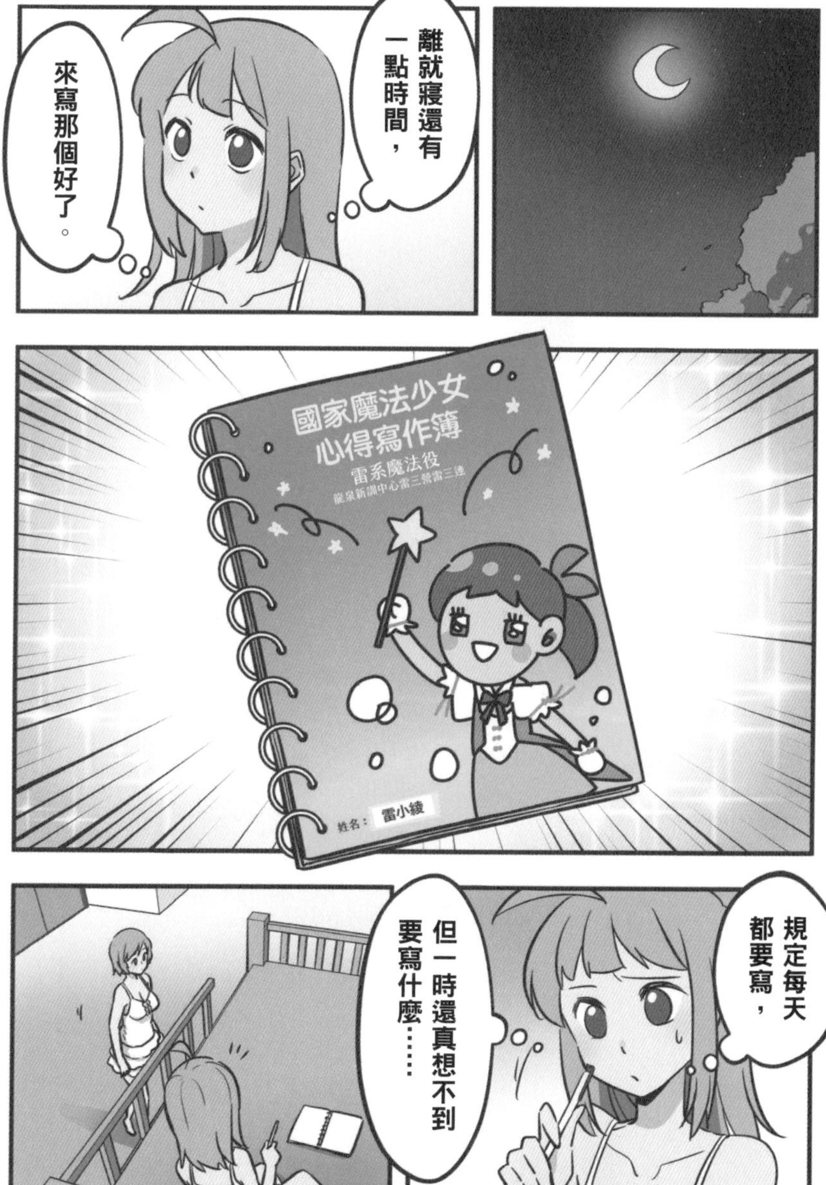
離就寢還有一點時間，
來寫那個好了。
國家魔法少女
心得寫作簿
雷系魔法役
龍泉新訓中心雷三營雷三連
姓名：雷小綾
規定每天都要寫，
但一時還真想不到要寫什麼……

好！來記錄一下我的夥伴……王儀君……
今天就跑到這裡。
呼…
呼呼…
先原地休息吧！
好像有點操過頭，我都有點累了……
!?
只流一點汗。
完全不喘氣。
看來我們連上有人才了……
簽下去吧！
儀君的體力無敵好。
魔法講習課。
這節下課之前，至少要背完一首魔法歌！

儀君！怎麼辦？妳背得起來嗎？
咦？我已經背完了……
……一首？
十首。
是誰說胸大無腦的！？
這女孩腦袋超好的啊！！
不過詠唱魔法歌真的能讓魔法更有威力嗎？
只有默背好無感……
妳是在懷疑本班長嗎？
！？
好！那我就准許妳使用魔力來詠唱魔法之歌！
讓妳感受一下效果！

報告、是……
優雷優雷優雷……
轟!
發!
!!?

哇！威力真的比較強耶！
看、看看看看看吧！班長在說妳就要聽進去嘛……
好了，現在妳慢慢停止輸出魔力，慢慢的喔！
而且……
儀君不但體力好、腦袋好，就連使用魔法也超強的！
妳筆沒水了嗎？要用我的嗎？

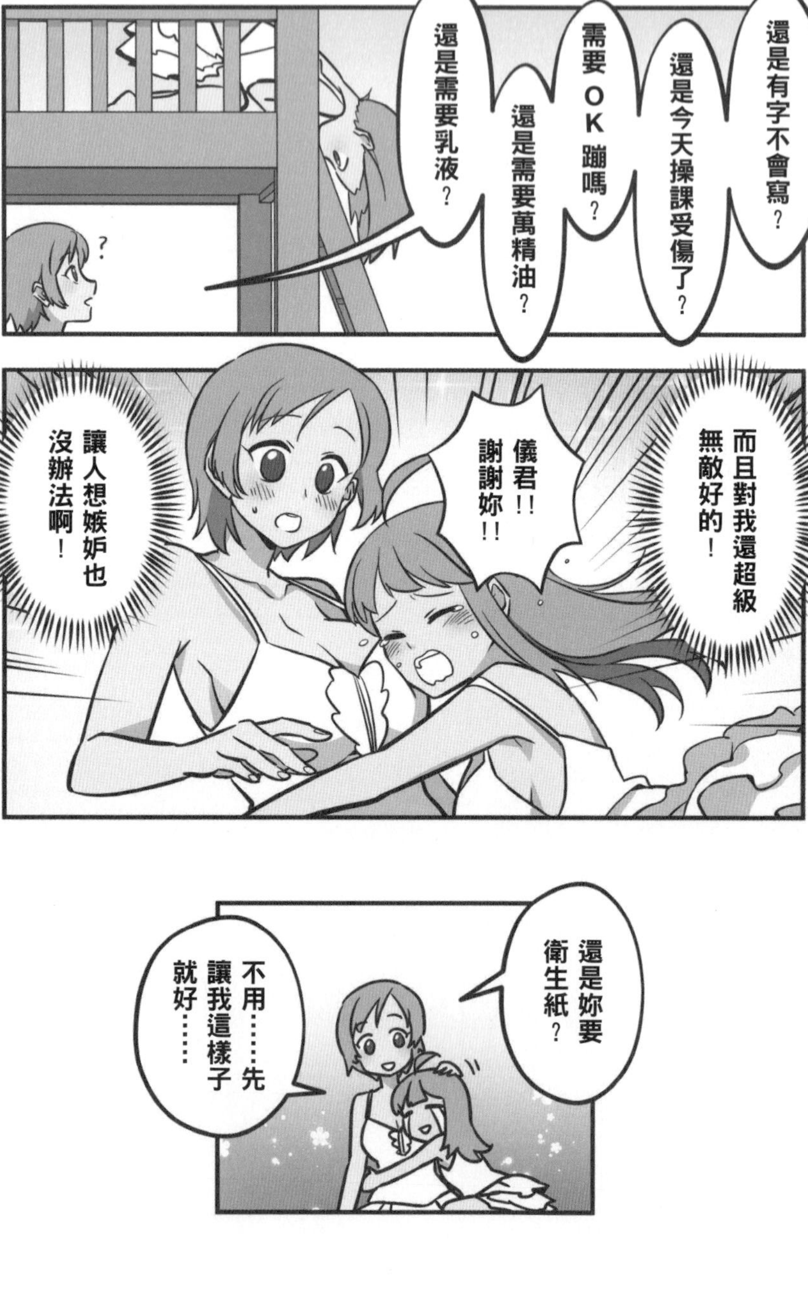
還是有字不會寫？
還是今天操課受傷了？
需要ＯＫ蹦嗎？
還是需要萬精油？
還是需要乳液？
？
而且對我還超級無敵好的！
儀君!!謝謝妳!!
讓人想嫉妒也沒辦法啊！
還是妳要衛生紙？
不用……先讓我這樣子就好……

現在時間！
兩么三洞！
床上躺平！
寢室熄燈！
連上長官晚安！
各位姊妹晚安！
晚安！
晚安！
都要睡覺了還得
大吼大叫……
這些人不吵就
睡不著是吧。
滴、答……

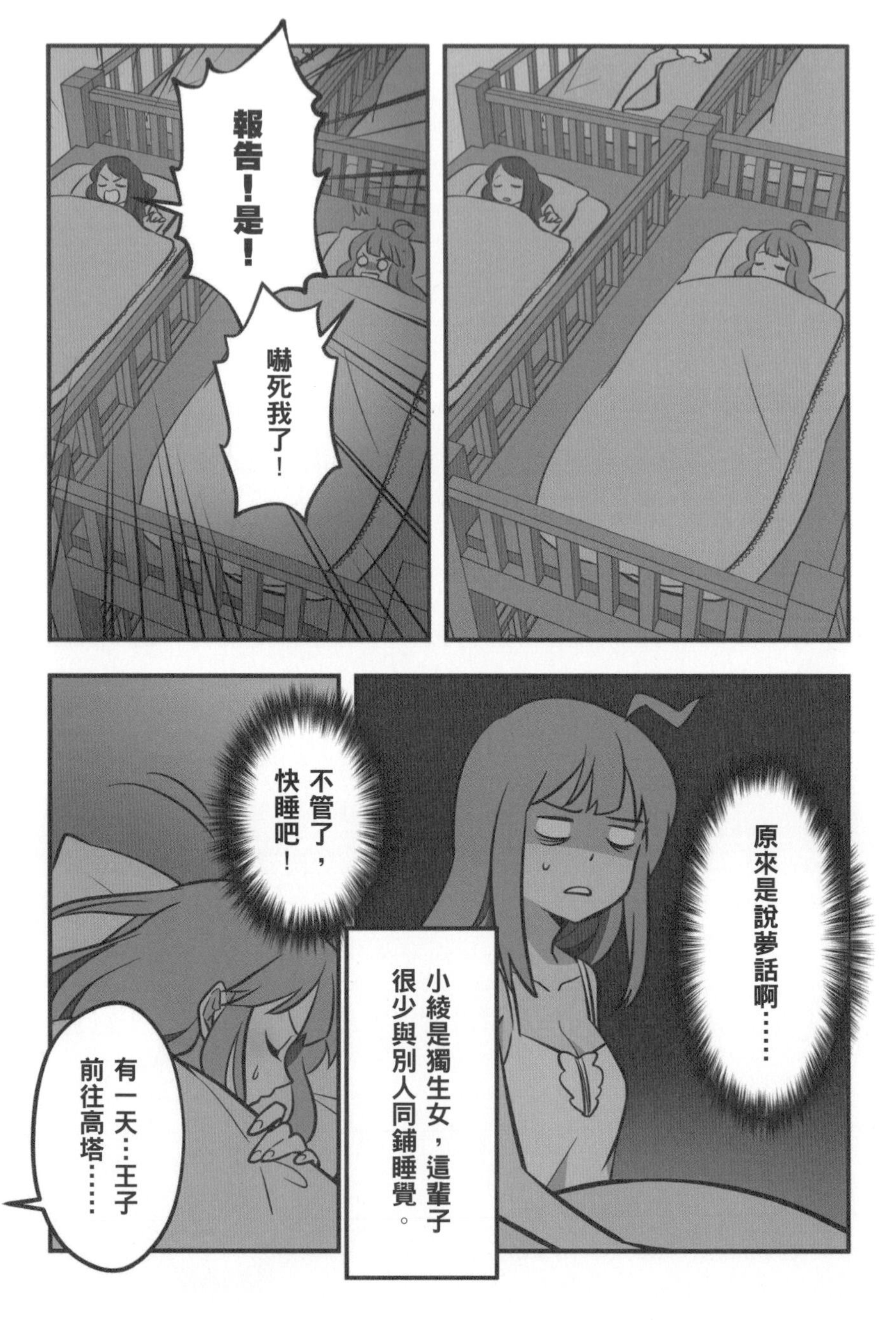
報告！是！
嚇死我了！
原來是說夢話啊……
不管了，快睡吧！
小綾是獨生女，這輩子很少與別人同鋪睡覺。
有一天…王子前往高塔……

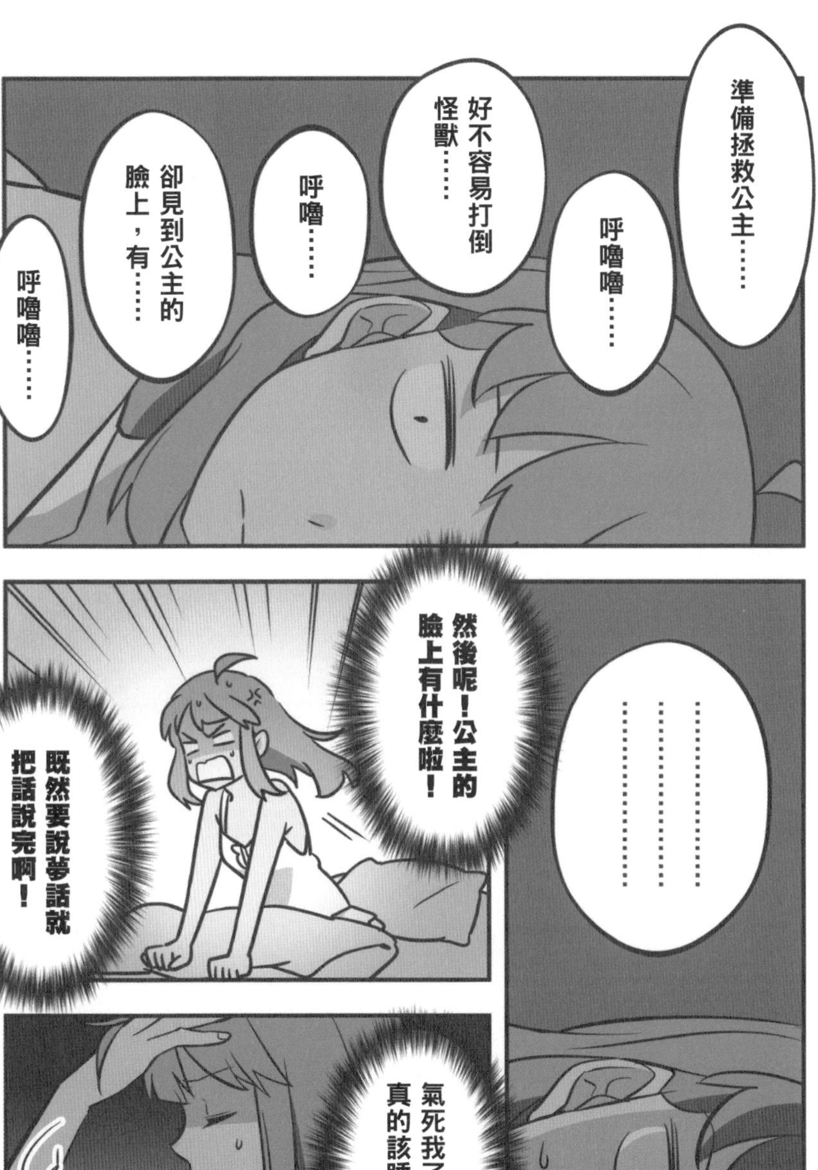
準備拯救公主……
呼嚕嚕……
好不容易打倒怪獸……
呼嚕……
卻見到公主的臉上，有……
呼嚕嚕……
…………
然後呢！公主的臉上有什麼啦！
既然要說夢話就把話說完啊！
氣死我了，不行，真的該睡了！
！

優雷優雷優雷唷！
優雷優雷優雷唷！
儀君居然說夢話
說到唱魔法歌了……
太可愛了，明天一定要跟她說……
優雷優雷優雷唷！
優雷優雷優雷唷！
等、等等！儀君快醒醒住手啊！！
妳會害我沒有明天啊啊啊啊啊！！

這真是太鬧了……
不行了……
累死我了……
我真的要睡了……
……
驚醒!!

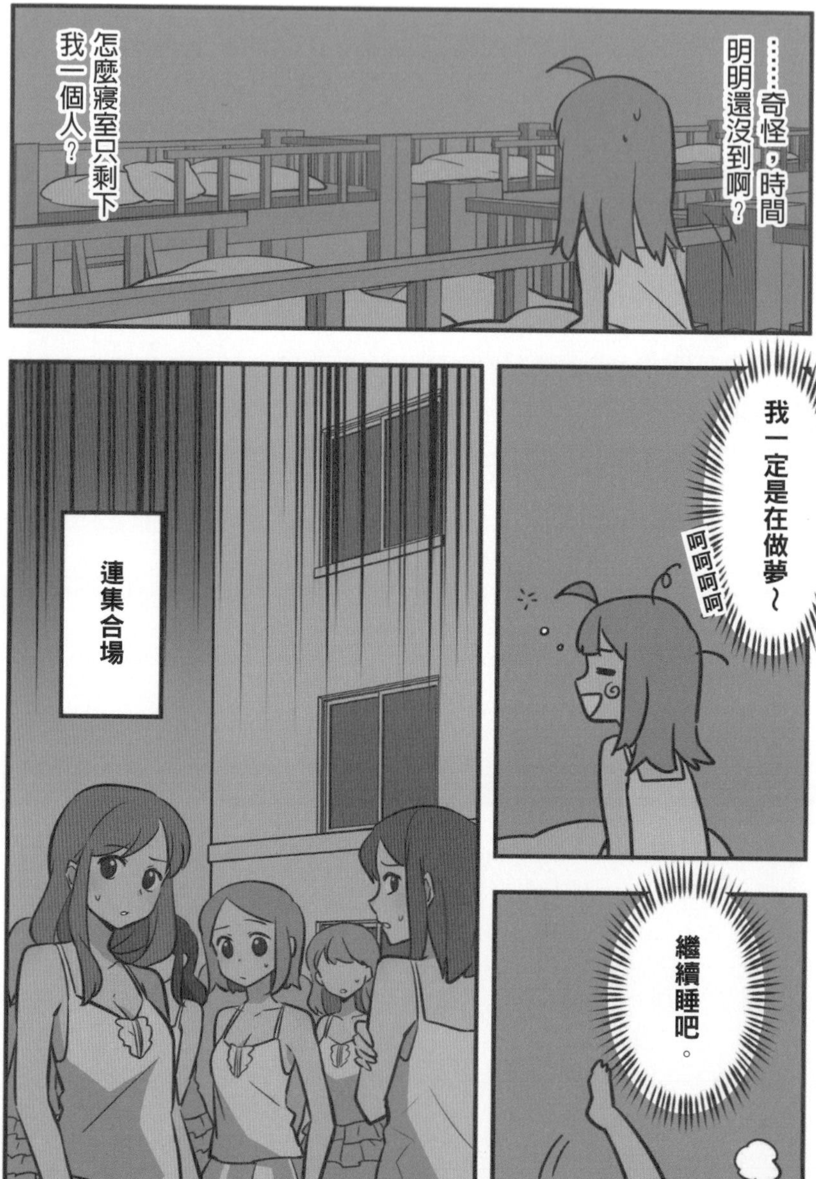
……奇怪，時間明明還沒到啊？
怎麼寢室只剩下我一個人？
我一定是在做夢～
呵呵呵呵
連集合場
繼續睡吧。

妳們在搞什麼飛機啊！
半夜不睡覺通通跑出來幹嘛？
報告、因為我們忽然聽到有人大喊「集合」，所以我們就……

誰！是誰！膽子這麼大，敢亂喊集合？蛤？
翌日，被電到飛起來的小綾才知道，原來自己也是會說夢話的。

國家魔法少女官階表＆
雷系魔法少女服裝分解

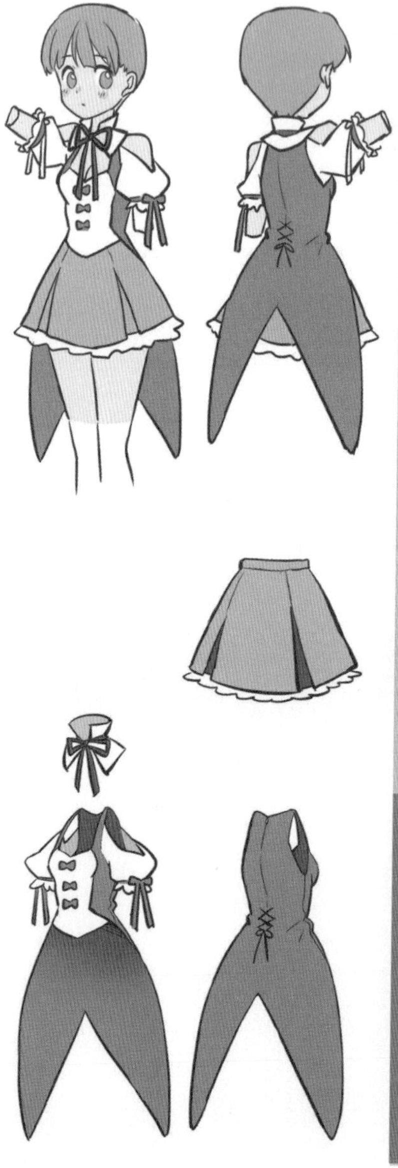

魔法少女	魔法少女	一等魔法少女	上等魔法少女
魔法少女士官	魔法少女下士	魔法少女中士	魔法少女上士
	魔法少女三等士官長	魔法少女二等士官長	魔法少女一等士官長
魔法少女軍官	魔法少女少尉	魔法少女中尉	魔法少女上尉
	魔法少女少校	魔法少女中校	魔法少女上校
魔法少女將軍	魔法少女一星少將	魔法少女二星中將	魔法少女三星上將
	魔法少女四星上將	魔法少女五星上將	

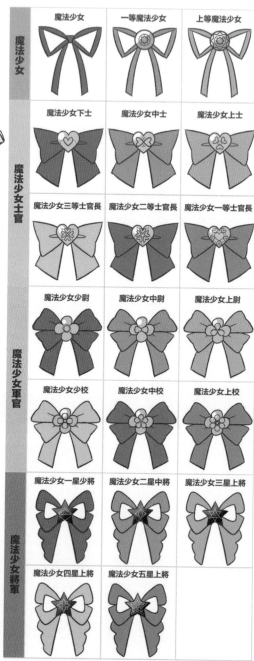

第三章

懇親與懇親假一樣重要

每天早上起床，
都會非常匆忙。
不僅要梳洗儀容，
還要把超複雜的制服給穿好，
不僅如此……
還要戴上與髮色相襯的隱形眼鏡……

唔哇！妳的隱形眼鏡好小哦！好奇怪哦！
這樣子能覆蓋眼珠嗎？
哼，越小越好放啊……
這可是最新科技呢！
首先，
先擺出震驚的表情！
放進隱形眼鏡之後，
它就會隨著眼珠大小自動變化了！
先別說這個！妳的表情是怎麼回事！？

而在大家都匆匆出去集合之後，會確認寢室清空。
都沒人了吧？
然後把廁所、寢室通通都鎖起來。
呼……
怎麼一早就拉肚子！
咔
嘩啦啦……
咔!?

喂！外面有人聽得到我嗎？
我被鎖住了！開門啊！
大約狂喊了三分鐘之後，小綾意識到事情大條了。
完蛋了!!大家都去連集合場了我卻還沒有到！待會一定會被班長電到飛起來的！怎麼辦啊？我喊救命會太誇張嗎？她們會不會以為我逃兵啊？我這樣會不會被關禁閉啊？還是被扣假？可是這鎖就打不開啊!!氣窗太小了我也不可能鑽出去啊！而且也不能使用魔法，我完蛋了!!我的人生毀了，我完蛋了!!我還沒去歐洲玩過，沒辦法讓爸爸牽我
小綾已崩潰。
開門
嘖！搞什麼啊？
!?
又沒確認廁所淨空，就把人反鎖了嗎？

同學，克制一下
妳的表情……
鎖頭雖堅固，但是
鎖片已經老舊了。
嗯嗯嗯嗯嗯嗯!!
我數一二三，
一起踢下去，
應該就開了。
一、
二、
三！

磅——!
噗喔!
雷……小……綾……
我好心要來幫妳開門……
班長!?對不起!對不起!
對不起!對不起啊啊啊!

真的很抱歉！我們是情急之下才決定破門的！
班長對不起！！
……什麼「我們」？
不就只有妳一個人嗎？
咦！？
咦咦咦咦！？不見了！？
啊……
剛才她……是從掃具間走出來的……
嗚哇啊啊啊啊啊啊啊啊啊！！
雷小綾！！妳幹嘛啦！！別抱我啦！！

那是發生在兩年前的事。
那天上午，大家匆匆出去集合了……
卻沒人發現有個女孩被反鎖在廁所內……
於是她情急之下，舉腳試圖踹門！
沒想到，她的力量不足以破壞門鎖，
造成的反作用力，卻使她往後一滑！

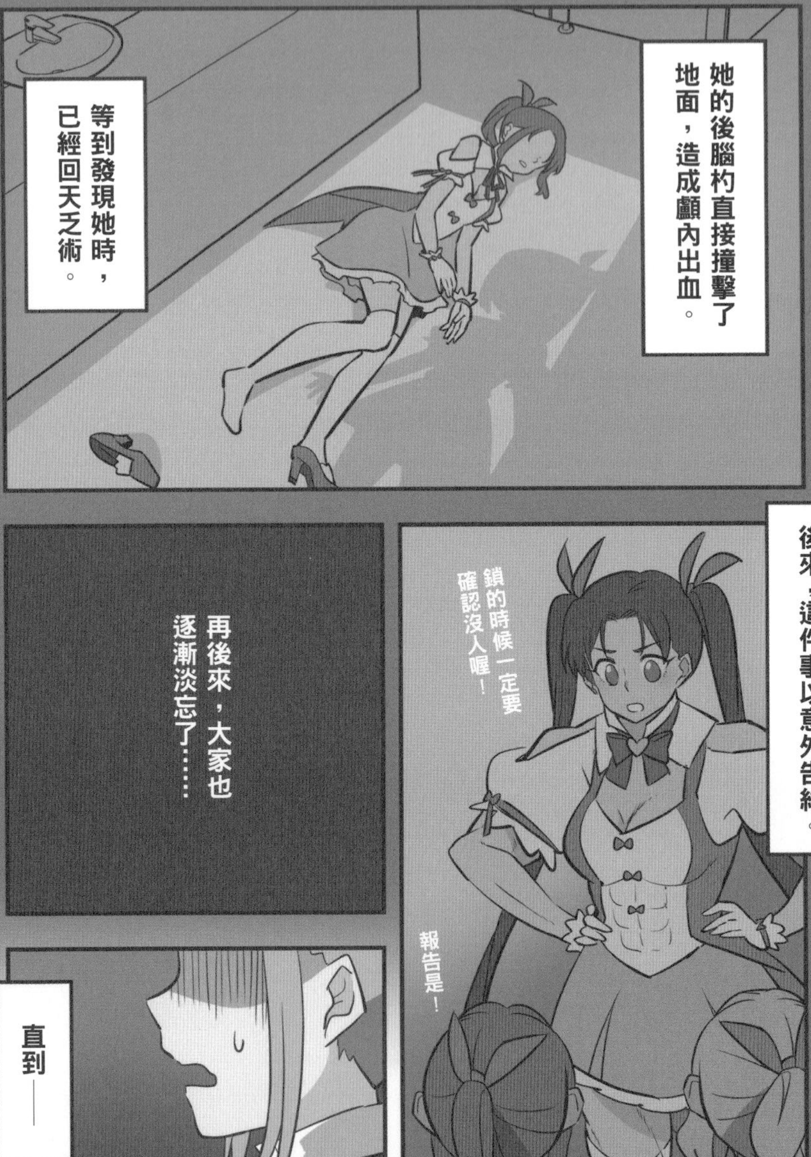
她的後腦杓直接撞擊了地面，造成顱內出血。
等到發現她時，已經回天乏術。
後來，這件事以意外告終。
鎖的時候一定要確認沒人喔！
報告是！
再後來，大家也逐漸淡忘了……
直到——

……
有同樣際遇的雷小綾出現。

又出現了啊啊啊啊!!
碰!!
儀君!!救我!!妳快點趕走她啦!!
啊!妳沒洗手就……
可是我看不到那個鬼啊!
在那邊!就在那邊!還在跟我說話啊!
看來只有妳能看得到我呢。

妳好啊，我是兩年前跟妳有類似際遇但摔死的劉辰欣！
很高興認識妳……是說妳有在聽我說話
沒在聽！我沒聽到！沒聽到！
這不是聽到了嗎……
儀君怎麼辦！？
她一直在跟我說話！！
別、別怕！
我聽說幽靈的存在，
是人死後體內殘存的魔力聚合而成的……

換句話說！
只要用魔法攻擊就能消滅她了！
可是營區內不能使用魔法……
要是被班長知道、
都什麼時候了!?
難道班長有比鬼可怕嗎？
嗯，有。

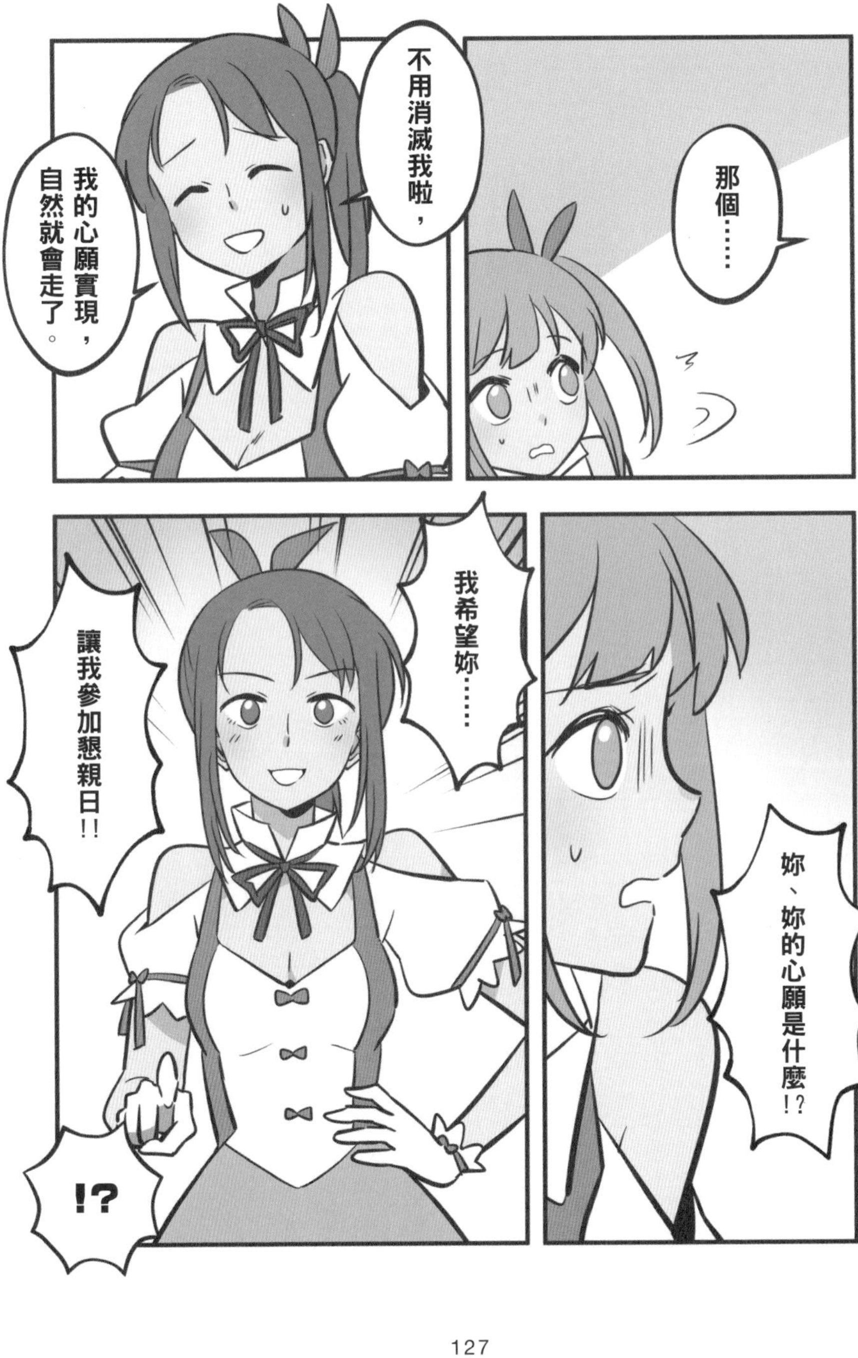
那個……
不用消滅我啦，
我的心願實現，自然就會走了。
妳、妳的心願是什麼!?
我希望妳……
讓我參加懇親日!!
!?

＊懇親日：親朋好友入營探望的日子。

那我就化身厲鬼！永遠都纏著妳！
咦咦咦咦咦咦！？
開玩笑的啦。
別擔心，一定可以成功的。
我會告訴妳一些只有我跟我家人之間才會知道的事情，讓妳足以取信於他們。
而懇親日那天，只要把他們登記為妳的遠親關係，就能夠得到通行了，沒問題的。
於是……小綾答應了辰欣，
幫助她參加懇親日。
打勾勾！
飄…
事後，她們私下去詢問班長，關於辰欣的事是否為真，
也得到了證實。
對啊！
妳們怎麼知道？

之後，隨著越來越多的相處，
小綾也發現辰欣其實是一個很好親近的女孩。
而且有這位學姊在，
讓小綾的服役生活順遂了許多。
小綾！班長待會要上來突擊檢查內務櫃了！
什麼！？大家！我們快點來整理一下！
通通有停止手邊動作！
現在要檢查妳們的內務櫃！
哦哦哦哦！
感恩小綾!!讚嘆小綾!!

徵求兩個公差！
去打掃連兵舍後面雜草！
眼神飄～
那邊蚊子超毒！快點迴避掉！
哎、哎呀……肚子好痛……
公差兩個！
輔導長要的！
快點去！這個是爽差！
報告！我們倆可以！
下課休息10分鐘！
這次開放投飲料！
這台有點秀逗了，奶茶那一格要連按兩下，會掉兩罐！
哇！真的耶！

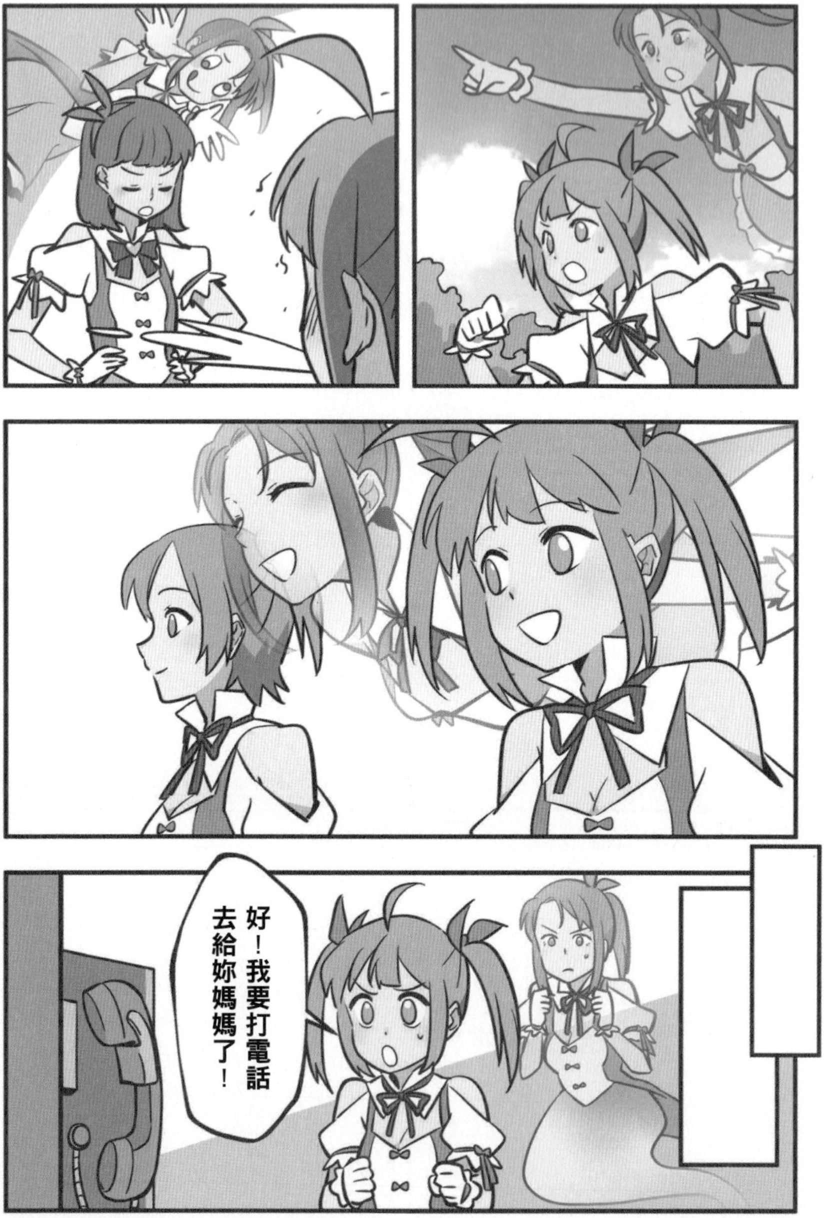
好！我要打電話
去給妳媽媽了！

妳有想好怎麼說了吧？
嗯！交給我吧！
嘟嚕嚕……………
喂？
喂！妳、妳好！
妳的女兒現在在我這裡……
詐騙集團閉嘴！
喀嚓!!
嘟……嘟……
阿勒……

被辰欣媽媽掛電話之後，她們又趕緊再接再厲，
總算讓她從完全不信，轉變成了半信半疑……
因為小綾代為說出，她們母女倆曾在餐桌上……
為了BL漫畫的角色誰攻誰受而大吵一架的往事。
好羞恥。
啊！時間快到了！
我會再打給您的！

雖然懇親日即將就要到來，
但待在營區的每一天，都還是十分難熬。
所以大家也會用各種方式來激勵自己。
嗯？妳在寫什麼啊？
懇親日當天下午不就直接放假了嗎？
我在把想吃的食物，都先記下來，放假時再去吃！
哦哦哦哦！
啊……我好期待！
這清單也太長了吧……懇親假只有兩天耶……

儀君，妳放假有打算要幹嘛嗎？
我啊……打算來把一部劇追完。
就是之前很紅的韓劇，但我一直忘記補完它。
噢！我也知道妳說的那一部！我也有在看哦！不過，結局就有一點……
妳……該不會打算爆雷吧？
優雷優雷……
儀君快住手啊!!妳不能跟著爆雷啊!!

大家怎麼都好會規劃……
我只有打算睡個爽而已……
之前我姊服役放假時，她也是這樣子打算的。
不過一到了清晨五點半，她就自動驚醒過來了……
欸欸欸欸!?

哼……放假拿來睡覺，
太浪費了！
劉于萱（22歲）
我啊……
打算盡情跟我男友○○！
先是我幫他○○，再換他幫我○○，
接著我們一起○○○○，然後再○○○
又○○○最後○○○○○！！
我們不想要知道得這麼細啊！！

雷小綾，妳過來一下。
哈哈……
班長，請問有什麼事呢？
嗯……
我在想……是不是要安排妳去醫院一趟呢？
咦？

入伍這麼久……
*並沒有
終於輪到我……
時來運轉了嗎!?
離開營區去醫院看診，這個動作被稱為轉診。
國軍醫院
雖然有病痛是不幸，但轉診過程卻也是許多軍士官兵的小確幸。
因為可以離營呼吸自由空氣，不用跟大家揮汗操課。
而且有餘裕，還有機會買民間美食來享用，
對在營區憋壞了的大家來說，簡直天賜良機。

但是……為什麼要我去轉診呢？
妳啊，最近不是會自言自語嗎？
妳可能壓力太大了，看個醫生比較保險！
啊啊……我其實是在跟辰欣說話，但是班長看不到而已……
原來班長還是有默默在關心我嗎？平常對我這麼兇，原來只是刀子口豆腐心啊！
這天女雷小綾才來沒幾天就開始自言自語，精神是不是有問題啊？萬一之後出大包鬧自殺，帳不就要算到我頭上！？太麻煩了！
真相。

總之還是去一趟吧！
妳準備好再來找我，我們待會就能出發。
報告！是！
好開心啊！
啊！
對了……辰欣無法離開這個營區，可是我們還沒有說服她的家人……
如果今天不確認的話，就趕不上遞交探訪親友名單的時限了……

小綾？怎麼了嗎？
班長跟妳說什麼？
……
沒、沒什麼！
對不起！不要跟過來啊！
呼……呼……
要怎麼跟她說呢？

報告班長……
妳來了啊！好，我們就馬上出發！
不……
謝謝班長！
但我還是不去好了。
什麼!?居然不要!?出去可以不用操課還能吹冷氣耶！
我從來沒看過有人會說不要的耶!?
?!
啊哈哈！
真的不用啦！我這自言自語的症狀應該懇親後就好了，班長妳不用太擔心我的！
是這樣嗎……

好吧，那就不強迫了，有問題的話可以找輔導長聊一聊。
報告、是！謝謝班長！
呼……
幸好這套說詞奏效了。
還好沒讓辰欣知道，要是她曉得我有機會出去涼，卻因為她而不能去，她應該會感到很不好意思吧。
當天下午，她們又再打了兩通電話……
……我知道了，

——緊接著，
懇親日到來。

懇親日，就是讓親友進入營區，探望服役的魔法少女的日子。
在探望結束後，當天下午就可與親友一起離營，放兩天懇親假。
上午八點，大家就會坐在床頭等待唱名，當親友到來，就會喊她名字，讓她出去。
所以這段等待的時光，大家都是既興奮又緊張。
震！
震！
咦!?
震！
震！
震！
震！
震！
至於背負兩個家庭見面的雷小綾，又更加緊張了。
震！
震！
小、小綾！妳冷靜點！

越早被點名，就越早見親友，所以特別開心。
陳葳貞！
有！
妳爸剛才打電話說，
他們在路上跟人發生小車禍，人沒有事，但要處理一下，所以不來了。
待會妳去幫大家出公差搬地墊吧！
報、報告班長！葳貞她站著失去意識了！
什麼？快送醫護室！
反之，若有變卦，就越令人崩潰。

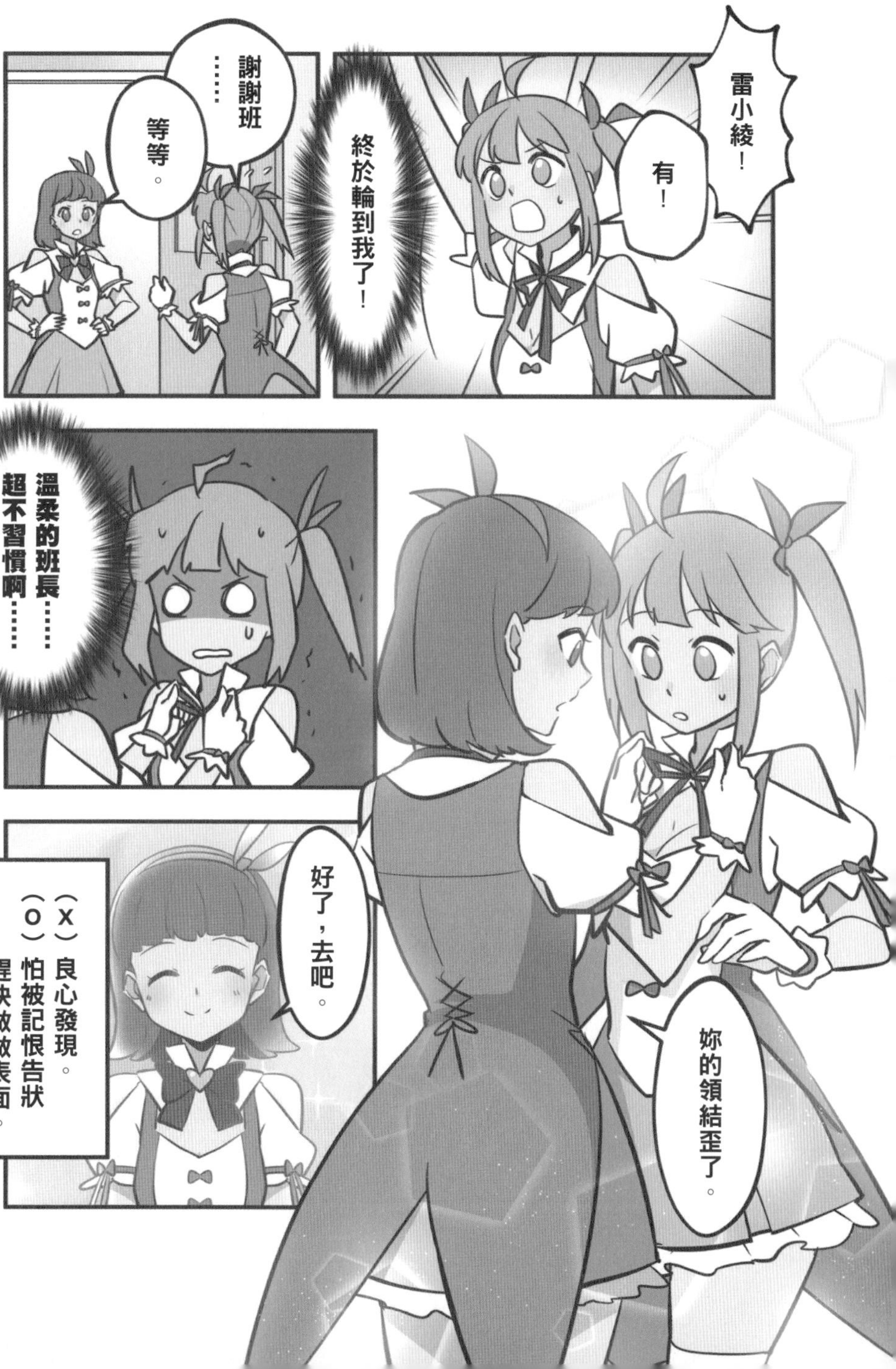
雷小綾！
有！
終於輪到我了！
謝謝班……
等等。
溫柔的班長……
超不習慣啊……
妳的領結歪了。
好了，去吧。
（X）良心發現。
（O）怕被記恨告狀
趕快做做表面。

哇……營區裡有好多外人，真不習慣啊！
……咦？
讚！
一個比一個裸露是怎樣啊！！
不少人會出於炫耀，要求另一半來懇親時必須穿得養眼暴露。

這味道是？
!?
KTG
瘦小娘
沒事炸雞
意識炸雞
怎麼這麼多炸雞啊？
大家是跟雞有仇嗎？
許多人都會要求親友，
一定要帶炸雞給她吃。

啊!!
!
學姊!?
終於……見到了……
!?

我是王一美啊！
妳是思嘉學姊吧？
啊！
一美？是妳？
是我啊！好巧啊！
一看見妳……
就又想起一九九二年那場第三次世界魔法大戰呢……
等等!!
要進入回憶模式了？這邊還有事情耶！

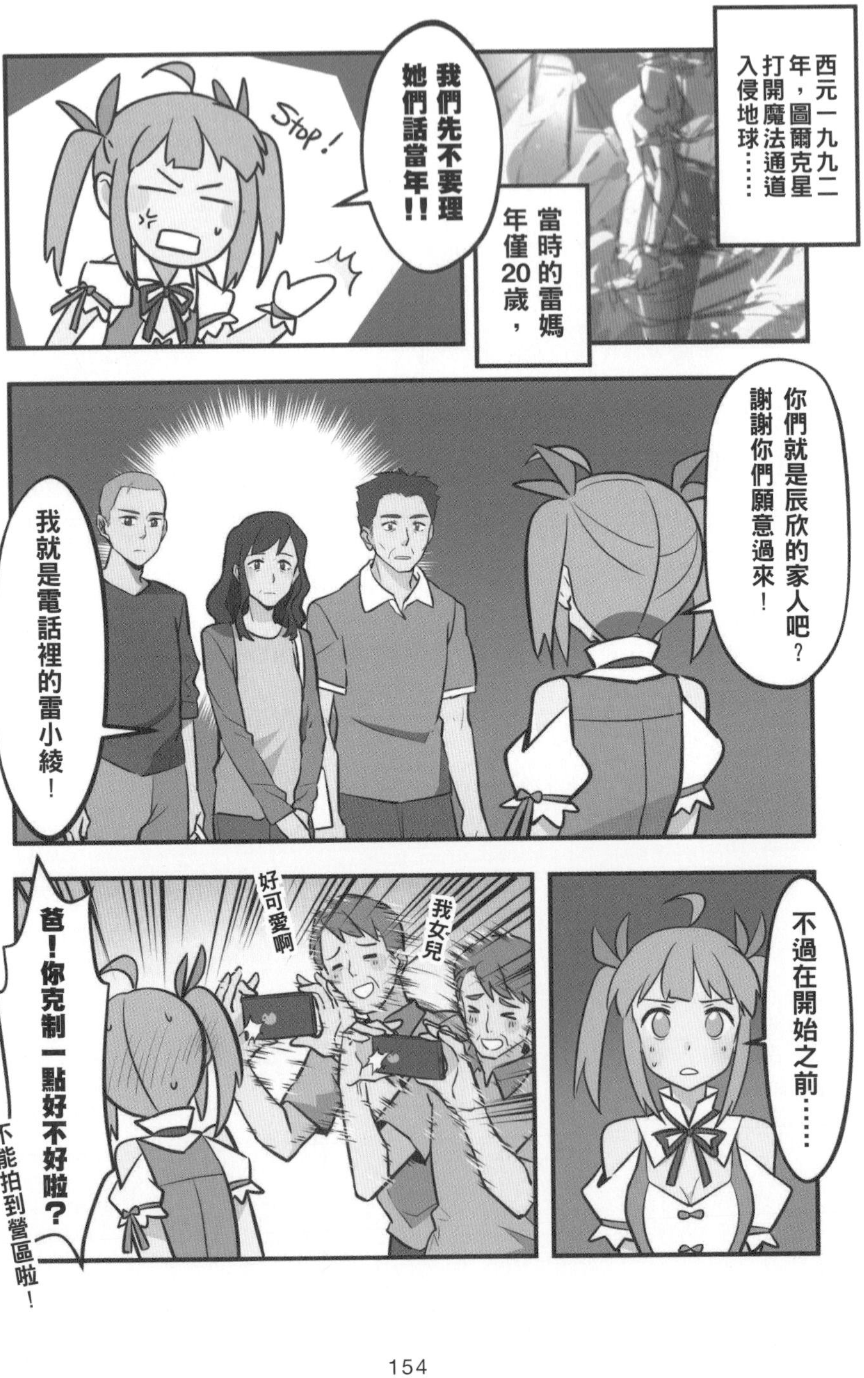
西元一九九二年，圖爾克星打開魔法通道入侵地球……
當時的雷媽年僅20歲，
我們先不要理她們話當年!!
Stop!
你們就是辰欣的家人吧？謝謝你們願意過來！
我就是電話裡的雷小綾！
不過在開始之前……
我女兒
好可愛啊
爸！你克制一點好不好啦？
不能拍到營區啦！

不好意思……
雷小綾……
請問妳為什麼會看得見我姊呢？
劉辰遠（22歲）
海軍陸戰隊服役中。
啊……因為我當初被獨自反鎖在廁所裡，
就是辰欣出面幫助我脫困！
不……我是指，為什麼是妳？
我們身為家人卻看不到她？
啊！這個我也……
我想是因為……
她們的魔力頻率十分的接近吧。

……妳們已經聊完了啊。
崇拜！
崇拜！
當年戰爭的時候，也有類似的事……
過世的同袍的靈魂，只有陌生人看得到，反而家人看不見……
那！我的女兒她現在在哪裡呢？
從剛才見面後，
就一直緊緊抱著妳喔。
……辰欣她，

小妹妹、可以請妳再描述細一點嗎？
咦、好！
辰欣她雙眼都哭腫了……
左邊鼻孔的鼻涕流到人中，右邊鼻孔的鼻涕快流到下巴……
不要說得這麼細啦!!
我們一起吃點東西，
一邊慢慢聊吧。
於是他們共進午餐，席間，小綾也轉述許多辰欣的話，
讓他們更確信辰欣的存在……

欣欣，這兩年來……
我們沒有一天不想妳。

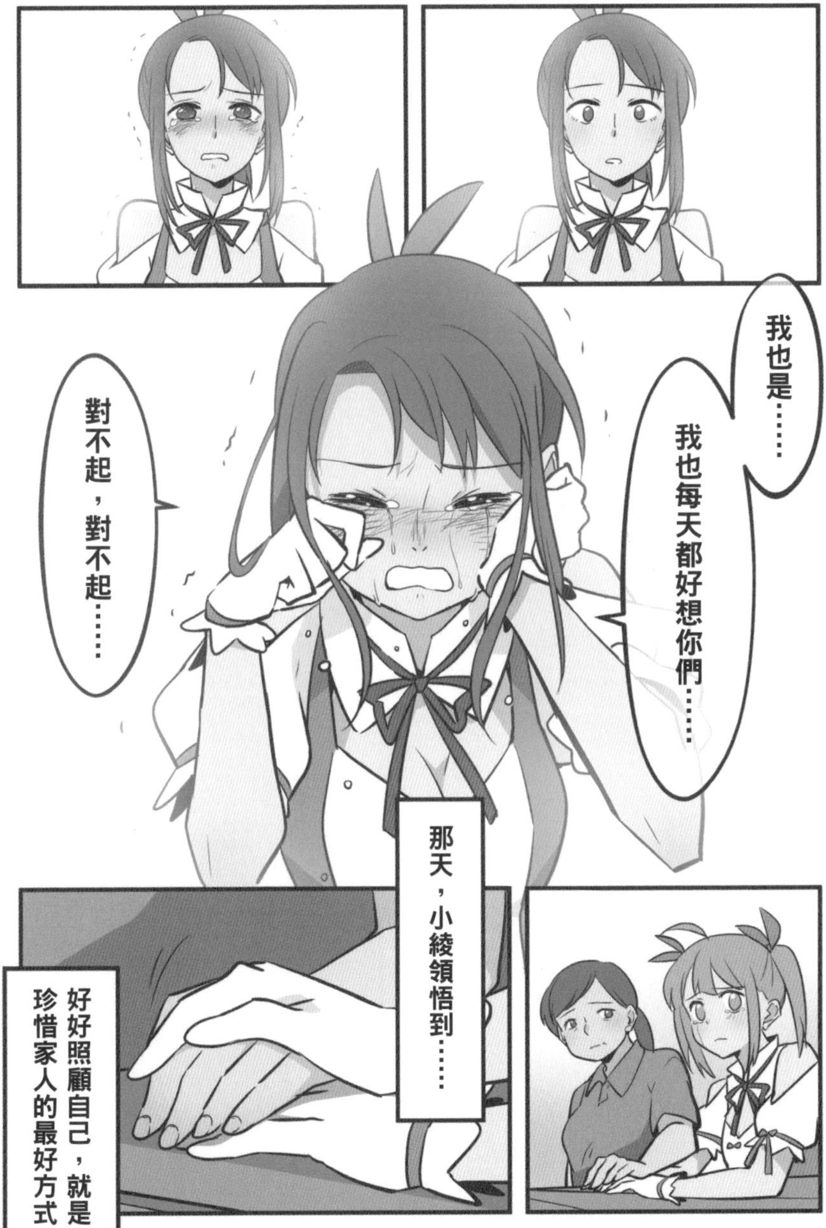
我也是……
我也每天都好想你們……
對不起，對不起……
那天，小綾領悟到……
好好照顧自己，就是珍惜家人的最好方式。

這天，可能是小綾有生以來，
說過最多話的一次。
不僅要轉達劉辰欣的話，
結果啊，辰欣她扮鬼臉害我被罵……
也要傾訴自己的服役生活。
咦!?
辰欣，妳……
好像變得更透明了……?

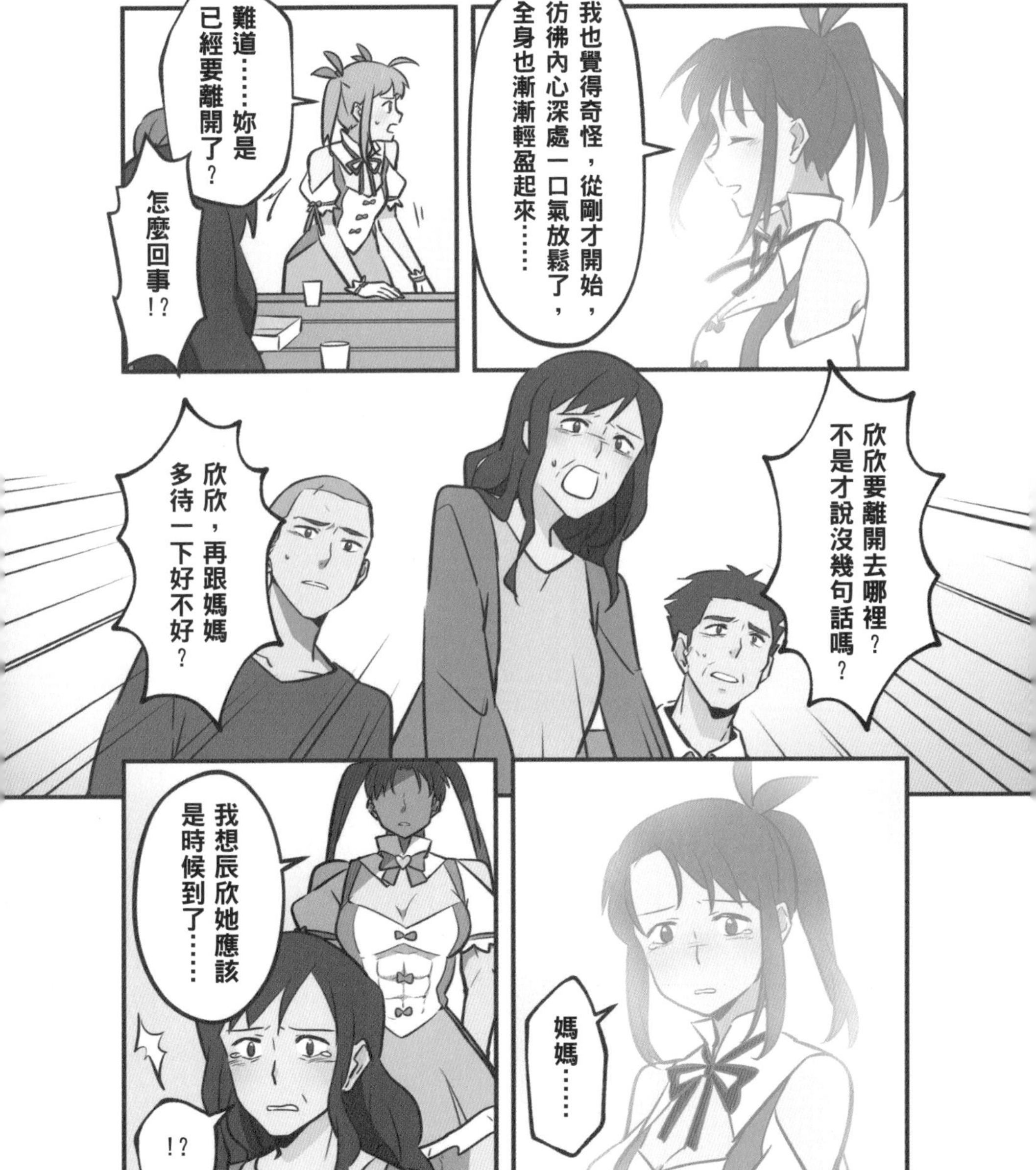

我也覺得奇怪，從剛才開始，彷彿內心深處一口氣放鬆了，全身也漸漸輕盈起來……
難道……妳是已經要離開了？
怎麼回事!?
欣欣要離開去哪裡？不是才說沒幾句話嗎？
欣欣，再跟媽媽多待一下好不好？
媽媽……
我想辰欣她應該是時候到了……
!?

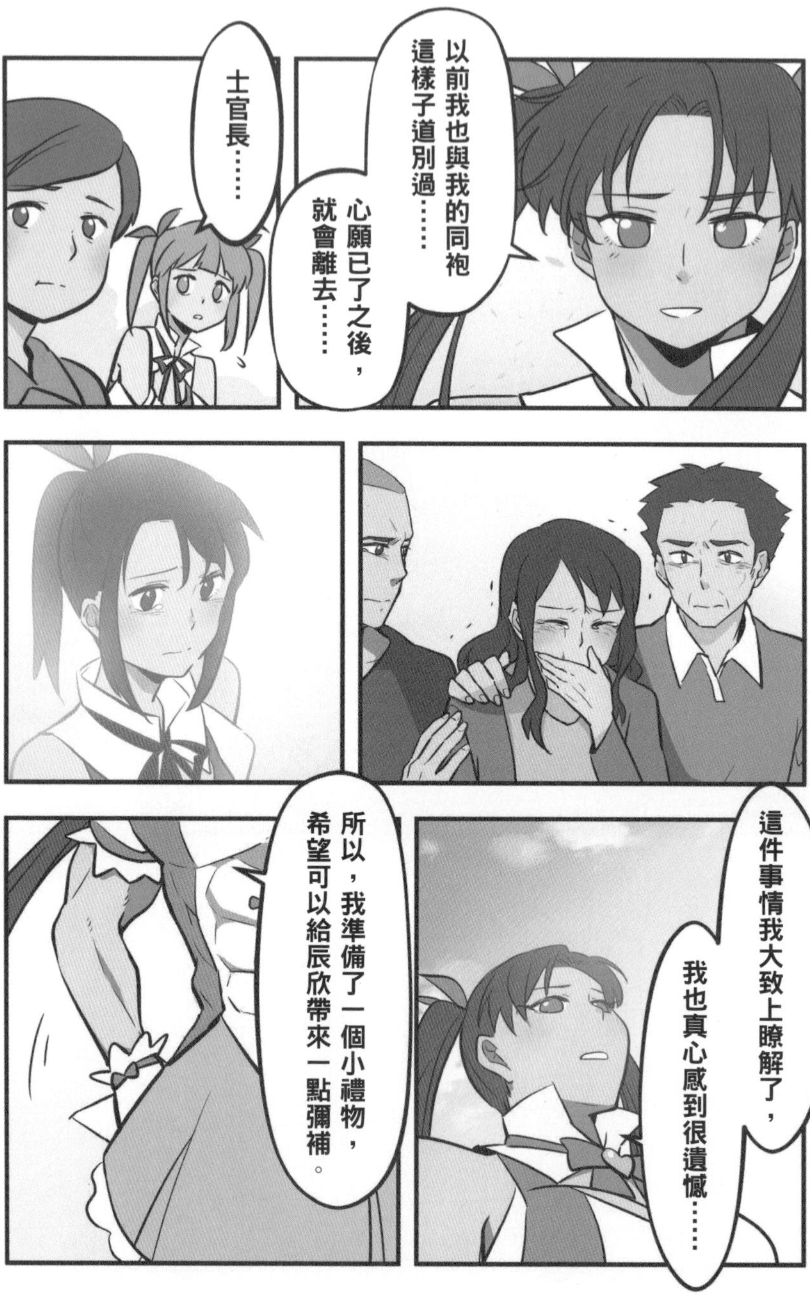

以前我也與我的同袍
這樣子道別過……
心願已了之後，
就會離去……
士官長……
這件事情我大致上瞭解了，
我也真心感到很遺憾……
所以，我準備了一個小禮物，
希望可以給辰欣帶來一點彌補。

剛才臨時請文書繕打的，雖然不具真正的效力……
不過，魔法少女劉辰欣，恭喜妳退伍了，這是妳的退伍令！
退伍令
現在，妳可以發表退伍感言了！

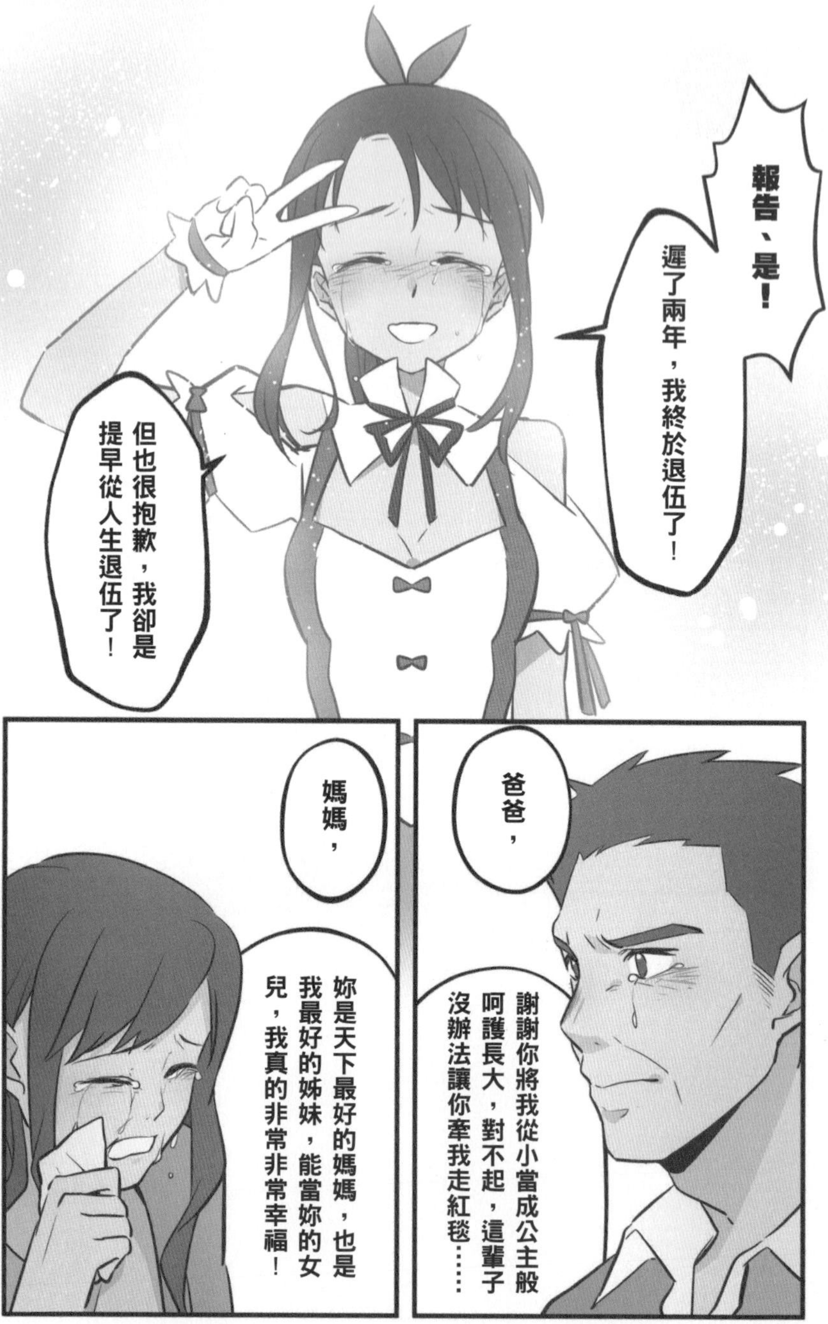
報告、是！
遲了兩年，我終於退伍了！
但也很抱歉，我卻是提早從人生退伍了！
爸爸，
謝謝你將我從小當成公主般呵護長大，對不起，這輩子沒辦法讓你牽我走紅毯……
媽媽，
妳是天下最好的媽媽，也是我最好的姊妹，能當妳的女兒，我真的非常非常幸福！

還有我最可愛的弟弟，阿遠，
對不起，姐姐沒辦法再罩你了，以後爸媽也要靠你自己照顧了，但我相信你一定沒有問題的！
最後……
小綾！
能在最後遇見妳，與妳交上朋友，我真的非常開心，
也謝謝妳幫了我這麼多的忙……

所以我決定要把阿遠許配給妳！
咦咦咦！？
啊。
看來真的得走了呢……
那麼，我先走了！
請大家好好保重！再見！

之後，辰欣的身影就這樣消逝在藍天中。
恭喜退伍!!
恭喜退伍!!
恭喜退伍!!
接著，懇親假也開始了！
雷小綾到底是……？

下集，無盡的戰鬥!?

入伍吧！魔法少女 新訓篇 下

番外篇

玉琇班長單身中

妝容、衣服都很完美！
很好！我有預感，
今天的約會一定很順利！
其實在玉琇的經驗中，
已有太多次約會失敗的經驗了。

案例之一。
久等了！
啊，不好意思。
喂？
報告班長，魔法少女陳凡在此安全回報。
好，知道了。
就算是放假，為了掌握魔法少女的行蹤安全，
班長們都得定時接魔法少女們的回報電話。
真辛苦……
因此玉琇的休假約會常常被打斷。
喂？
喂？
喂？

咦!?
夠了！我唯獨不能忍受出聲打擾大家看電影的人！我們分手吧！
你現在不也是在打擾嗎……
案例之二。
哼…………
每次約會妳都電話接不停，其實那是妳外遇的對象吧？
不是！真的只是安全回報……啊，又來了！
低沉
喂！班長喔！是我啦 呵呵，愛妳喔！
低沉
大聲到我都聽見那男的說話了！
還敢說沒有！
不是！她真的是女的，只是聲音比較低!!
唬爛！分手！

案例之三。
好，知道了。
我發現妳講電話的表情好嚴肅喔……
咦！有嗎？
糟糕！我營造的甜美風要破功了嗎？
怎、怎麼辦？
喂？安全回報嗎？
好唷，人家知道囉！
寶貝！今天我想去你家！
咦咦咦咦！？
一時慌張，兩邊的語氣顛倒了啊啊啊啊啊啊！！
最後還是被分手。

希望今天的約會順利！
有點餓耶，我們吃些小東西吧！
好啊。
米糕．四神湯
……某職業軍人於休假期間酒駕肇事逃逸……
怎麼剛好播這種新聞啦……
唉，所以說，職業軍人真的沒一個好東西！
哈哈我不是針對妳啦！我只是有感而發啦。
呵、呵呵……

說真的，我也不是亂講的，
有服過役的人就都知道，
軍營裡真的是一堆垃圾！
通告：中部風災淹水，所有人回營準備救援。
養這些人能幹嘛呢？浪費我們的納稅錢！
夠了沒！
老娘不作聲，你還真繼續講啊？
每個群體都有害群之馬，但也有敬業付出的人啊！起碼我對得起我的薪水！
我受夠你了！分手吧！
可是我們根本沒交往啊……
魔法少女要去救災啦!!
這算是職業傷害吧？可惡。
下士班長劉玉琇（25）持續單身中。

Hello Design 叢書 31

入伍吧！魔法少女【新訓篇】上冊

原作　謝東霖｜漫畫　綜合口味｜主編　Chienwei Wang｜企劃編輯　Guo Pei-Ling｜美術設計　平面室｜排版　黃雅藍｜發行人　趙政岷｜出版者　時報文化出版企業股份有限公司　10803 台北市和平西路三段 240 號 3 樓　發行專線—(02)2306-6842　讀者服務專線—0800-231-705・(02)2304-7103　讀者服務傳真—(02)2304-6858　郵撥—19344724 時報文化出版公司　信箱—台北郵政 79-99 信箱　時報悅讀網—http://www.readingtimes.com.tw｜法律顧問　理律法律事務所　陳長文律師、李念祖律師｜印刷　和楹印刷有限公司｜初版一刷　2019 年 1 月 25 日｜定價　新台幣 300 元｜

ISBN 978-957-13-7691-2（上冊：平裝）
ISBN 978-957-13-7692-9（下冊：平裝）
Printed in Taiwan

《入伍吧！魔法少女》之數位內容同步於 LINE WEBTOON 漫畫平台線上刊出

時報文化出版公司成立於一九七五年，並於一九九九年股票上櫃公開發行，
於二〇〇八年脫離中時集團非屬旺中，以「尊重智慧與創意的文化事業」為信念。